春潮NOV+

回到分歧的路口

我与世界挣扎久

日本文学名家十讲

上辑

《浪漫的越界：夏目漱石》
《阴翳、女性与风流：谷崎润一郎》
《无力承担的自我：芥川龙之介》
《银河坠入身体：川端康成》
《厌倦做人的日子：太宰治》

浪漫的越界
夏目漱石

日本文学名家十讲
我与世界挣扎久

杨照 著

中信出版集团｜北京

图书在版编目（CIP）数据

浪漫的越界：夏目漱石 / 杨照著. -- 北京：中信出版社，2023.9
（日本文学名家十讲：我与世界挣扎久）
ISBN 978-7-5217-5493-3

Ⅰ.①浪… Ⅱ.①杨… Ⅲ.①夏目漱石(1867-1916) - 文学研究 Ⅳ.①I313.064

中国国家版本馆CIP数据核字(2023)第044649号

本书由杨照正式授权，经由CA-LINK International LLC代理，由中信出版集团股份有限公司出版中文简体字版本，非经书面同意，不得以任何形式任意复制、转载。
中文简体字版©2023年，由中信出版集团股份有限公司出版。

浪漫的越界：夏目漱石
（日本文学名家十讲01：我与世界挣扎久）

著　　者：杨照
出版发行：中信出版集团股份有限公司
　　　　　（北京市朝阳区东三环北路27号嘉铭中心　邮编　100020）
承　印　者：河北鹏润印刷有限公司

开　　本：880mm×1230mm　1/32　印　张：6.5　字　数：100千字
版　　次：2023年9月第1版　　　　印　次：2023年9月第1次印刷
书　　号：ISBN 978-7-5217-5493-3
定　　价：49.00元

版权所有·侵权必究
如有印刷、装订问题，本公司负责调换。
服务热线：400-600-8099
投稿邮箱：author@citicpub.com

总序

看待世界与时间

*

京都是一座重要的"记忆之城",保留了极为丰富的文明记忆。罗马也是一座"记忆之城",但罗马和京都很不一样。

罗马极其古老,到处可以感觉其古老,但也因此和现代的因素常常出现冲突。例如观光必访的特雷维喷泉"许愿池",大家去的时候不会有强烈的违和感吗?古老而宏伟的雕刻水池被封闭在逼仄的现代街区里,再加上那么多拿着手机、相机拥挤拍照的人群,那份古老简直被淹没了。

或者是比较空旷的罗马古城,那里所见的是一大片显现时间严重侵蚀的废墟,让人漫步在荒烟蔓草之间,生出"眼看他起高楼,眼看他楼塌了"的无穷唏嘘。在这里,只有古老,没有现代,没有现实。

罗马、佛罗伦萨、威尼斯这些城市里,基本上记忆归记忆,现实归现实,在古迹或博物馆、美术馆里,我们沉浸在历史文明记忆中,走出来,则是很不一样的当前现实生活环境。相对地,在京都或巴黎能够得到的体验,却是现实与历史的融混,不会有明确的界限,现代生活与古老记忆彼此穿透。

我的知识专业是历史,我平常读得最多的是各种历史书籍,因而我会觉得在一个记忆元素层层叠叠、蓦然难以确切分辨自己身处什么时空的环境中,能产生一份迷离恍惚,是最美好、最令人享受的。

二十多年来，我一再重访京都，甚至到后来觉得自己是重返京都。我可以列出许多我想去、应该去、却迟迟还没有去的旅游目的地，其中几个甚至早有机会去但都放弃了。内蒙大草原、青藏高原、瑞士少女峰、北欧冰河与极光区，这几个地方都是大山大水、名山胜景，但也都没有人文历史的丰富背景。好几次动念要启程去看这些自然奇观，后来却总是被强大的冲动阻碍了，往往还是将时间与旅费留下来，又再回到巴黎或京都。

我当然知道在那些地方会得到自然的震撼洗礼，然而我的偏执就表现在，一想到平安神宫的神苑，或是从杜乐丽花园走向卢浮宫的那段路，我的心思就又向京都、巴黎倾斜了。我还是宁可回到有记忆的地方，有那座城市的记忆，然后又加上了我自己在那座城市里多次旅游的记忆，集体与个体记忆交错，组构了在意识中深不可测的立体内容。

*

京都有特殊的保存记忆的方式，源自一份矛盾。京都基本上是木造的，去到任何建筑景点，请大家稍微花几分钟驻足在解说牌前，不懂日文也没关系，光看牌上的汉字就好了。你一定会看到上面记载着这个地方哪一年遭到火烧，哪一年重建，哪一年又遭到火烧然后又重建……

木造建筑难以防火，火灾反复破坏、摧毁了京都的建筑、街道。照道理说，木造的城市最不可能抵挡时间，烧毁一次会换上一次不同的新风貌。看看美国的芝加哥，一八七一年经历了一场大火，将城市的原有样貌完全摧毁了，在火灾废墟上建造起新的现代建筑，才有了我们今天所认识的这个芝加哥。

京都大量运用木材，一方面受到自然环境影响，旁边的山区适合生长可以运用在建筑上的杉木；不过另一方面更重要的，是文化上模仿了中国的先例。中国传统建筑以木材而非石材构成，很难长久保存，使得留下来的古迹，时代之久远远不能和埃及、希腊、罗马相提并论。中国存留的古建筑，最远只能推到中唐，距今一千两百年，而且那还是在山西五台山的唯一孤例。

伴随着木造建筑，京都发展出一种不曾在中国出现的应对策略，那就是有意识地重建老房子。不只是烧掉或毁损了的房子尽量按照原样重建，甚至刻意将一些重要建筑有计划地每隔十年、二十年部分或全部予以再造。

再造不是"更新"，而是为了"存旧"。不只是再造后的模样沿袭再造前的，而且固定再造能够保证既有的工法不会在时间中流失。上一代参与过前面一次建造过程的工匠老去前，就带着下一代进行重造，让下一代也知道确切、详密的技术与工序。

这不是由朝廷或政府主导的做法，而是彻底渗入京都居民的生活习惯。京都最珍贵的历史收藏不在博物馆里，而在一间间的寺庙中。每一座寺庙都有自己的宝库,大部分宝库都是"限定拜观",一年只开放几天,或是有些藏品一年只展示几天。最夸张的,像是大觉寺(侯孝贤电影《刺客聂隐娘》的拍摄取景地)有一座"敕封心经殿",里面收藏了嵯峨天皇为了避疫祈福所写的《心经》,每逢戊戌年才会开放拜观——是的,每六十年一次!

我在二〇一八年看到了这份天皇手抄的《心经》。步入小小藏经殿堂时,无可避免心中算着,上一次公开是一九五八年,我还没出生,下一次公开是二〇七八年,我必定不在这个世界上了。这是我毕生唯一一次逢遇的机会,幸而来了。如此产生了奇特的时间感,一种更大尺度的历史性扑面而来的感觉。

*

就像爱德华·吉本(Edward Gibbon)在罗马古迹废墟间,黄昏时刻听到附近修道院传来的晚祷声,而起心动念要写《罗马帝国衰亡史》,我也是在一个清楚记得的时刻,有了写这样一套解读日本现代经典小说作家作品的想法。

时间是二〇一七年的春天,地点是京都清凉寺雨声淅沥的庭园里。不过会坐在庭园廊下百感交集,前面有一段稍微曲折的过程。

那是在我长期主持节目的台中"古典音乐台"邀约下,我带了一群台中的朋友去京都赏樱。按照我排的行程,这一天去岚山和嵯峨野，从龙安寺开始，然后一路到竹林道、大河内山庄、野宫神社、常寂光寺、二尊院，最后走到清凉寺。然而从出门我就心情紧绷，因为天公不作美，下起雨来，气温陡降，而且有几个团员前一天晚上逛街时走了很多路，明显脚力不济。我平常习惯自己在京都游逛，合理的做法应该是改变行程，例如改去有很多塔头的妙心寺或东福寺，可以不必一直撑伞走路，密集拜访多个不同院落，中午还可以在寺里吃精进料理，舒舒服服坐着看雨、听雨。但配合我、协助我的领队林桑[1]告诉我，带团没有这种随机调整的空间。我们给团员的行程表等于是合约，没有照行程走就是违约，即使当场所有的团员都同意更改，也无法确保回台湾后不会有人去"观光局"投诉，那么林桑他们的旅行社可就要吃不完兜着走了。

好吧，只好在天气条件最差的情况下走这一天大部分都在户外的行程。下午到常寂光寺时，我知道有一两位团员其实体力接近极限，只是尽量优雅地保持正常的外表。这不是我心目中应该要提供心灵丰富美好经验的旅游，使我心情沮丧。更糟的是再往下走，到了二尊院门口才知道因为有重要法事，这一天临时不对游客开放。在当时的情况下，这意味着本来可以稍微躲雨休息的机会也被取消了，大家别无办法，只好拖着又冷又疲累的身子继续走向清凉寺。

清凉寺不是观光重点，我们到达时更是完全没有其他访客。

---

[1] 桑：日语音译，"先生"。（本书注释如无特别说明，均为编者注。）

也许是惊讶于这种天气还有人来到寺里参观吧，连住持都出来招呼我们。我们脱下了鞋走上木头阶梯，几乎每个人都留下了湿答答的脚印，因为连鞋里的袜子也不可能是干的。住持赶紧要人找来了好多毛巾，让我们在入寺之前可以先踩踏将脚弄干。过程中，住持知道我们远从台湾来，明显地更意外且感动了。

入寺在蒲团上坐下来，住持原本要为我们介绍，但我担心在没有暖气、仍然极度阴寒的空间里，住持说一句领队还要翻译一句，不管住持讲多久都必须耗费近乎加倍的时间，对大家反而是折磨。我只好很失礼地请领队跟住持说，由我用中文来对团员介绍即可。住持很宽容地接受了，但接着他就很好奇我这位领队口中的"せんせい"（老师）会对他的寺庙做出什么样的"修学说明"。

我对团员简介清凉寺时，住持就在旁边，央求领队将我说的内容大致翻译给他听，说老实话，压力很大啊！我尽量保持一贯的方式，先说文殊菩萨仁慈赐予"清凉石"的故事，解释"清凉寺"寺名的由来，接着提及五台山清凉寺相传是清朝顺治皇帝出家的地方，是金庸小说《鹿鼎记》中的重要场景，再联系到《源氏物语》中光源氏的"嵯峨野御堂"就在今天京都清凉寺之处。然后告诉大家这是一座净土宗寺院，所以本堂的布置明显和临济禅宗寺院很不一样，而这座寺庙最难能可贵的是有着中空躯体里塞放了绢丝象征内脏的木雕佛像，相传是从中国漂洋过海而来的。最后我顺口说了，寺院只有本堂开放参观，很遗憾我多次到此造访，从来不曾看过里面的庭园。

说完了，我让团员自行参观，住持前来向我再三道谢，惊讶于我竟然对清凉寺了解得如此准确，接着又向我再三致歉。我一时不知道他如此恳切道歉的原因，靠领队居中协助，才弄清楚了，住持的意思是抱歉让我抱持了多年的遗憾，他今天一定要予以补偿，所以找了人要为我们打开往庭园的内门，并且准备拖鞋，破例让我们参观庭园。

于是，我看着原本未预期看到的素雅庭园，知道了如此细密修整的地方从来没打算对外客开放，那样的景致突然透出了一份神秘的精神特质。这美不是为了让人观赏的，不是提供人享受的手段，其自身就是目的，寺里的人多少年来，几十年甚至几百年间，日复一日毫不懈怠地打扫、修剪、维护，他们服务的不是前来观赏庭园的人，而是庭园之美自身，以及人和美之间的一种恭谨的关系，那一丝不苟的敬意既是修行，同时又构成了另一种心灵之美。

坐在被水汽笼罩的廊下，心里有一种不真实感。为什么我这样一个深具中国文化背景的台湾人，能在日本受到尊重，能够取得特权进入、凝视、感受这座庭园？为什么我真的可以感觉到庭园里的形与色，动中之静、静中之动，直接触动我，对我说话？我如何走到这一步，成为这个奇特经验的感受主体？

在那当下，我想起了最早教我认识日语、阅读日文，自己却一辈子没有到过日本的父亲。我想起了三十年前在美国遇到的岩崎教授，仿佛又看到了她那经常闪现不信任、怀疑的眼神，在我身上扫出复杂的反应。

*

我在哈佛大学上岩崎老师的高级日文阅读课，是她遇到的第一个中国台湾研究生。我跟她的互动既亲近又紧张。亲近是因她很早就对我另眼看待，课堂上她最早给我们的教材立即被我看出来处：一段来自村上春树的《且听风吟》，另一段来自日文版的海明威小说集《我们的时代》。她要我们将教材翻译成英文，我带点恶作剧意味地将海明威的原文抄了上去。她有点恼怒地在课堂上点名问我，刚发下来的几段教材还有我能辨别出处的吗。不巧，一段是川端康成的掌中小说[1]，另一段是吉行淳之介的极短篇，又被我认出来了。

从此之后岩崎老师当然就认得我了，不时会和我在教室走廊或大楼的咖啡厅说说聊聊。她很意外一个从台湾来的学生读过那么多日文小说，但另一方面，她又总不免表现出一种不可置信的态度，认为以我一个非日本人的身份，就算读了，也不可能真正理解这些日本小说。

每次和岩崎老师谈话我都会不自主地紧绷着。没办法，对于必须在她面前费力证明自己，我就是备感压力。她明知道我来修这门课，是不想耗费时间在低年级日语的听说练习上，因

---

[1] 掌中小说：又译"掌小说"，日本文学概念，指极为短小的小说。

为我的日语会话能力和日文阅读能力有很大的落差，但她还是不时会嘲笑我的日语，特别喜欢说："你讲的是闽南语而不是日语吧！"因此我会尽量避免在她面前说太多日语，坚持用英语与她讨论许多日本现代的作家与作品。

她不是故意的，但是一个中国学生在她面前侃侃而谈日本文学，常常还是让她无法接受。愈是感觉到她的这种态度，我就愈是觉得自己不能放松、不能输。这不是我自己的事了，对她来说，我就代表中国台湾，我必须争一口气，改变她对于中国人不可能进入幽微深邃的日本文学心灵世界的看法。

那一年间，我们谈了很多。每次谈话都像是变相的考试或竞赛。她会刻意提及一位知名作家，我会提及我读过的这位作家的相应作品，然后她像是教学般地解说这部作品，而我刻意地钻洞找缝隙，非得说出和她不同，同时能说服她接受的意见。

这么多年后回想起来，都还觉得好累，在寒风里从记忆中引发了汗意。不过我明白了，是那一年的经验，让我得以在历史的曲折延长线上培养了这样接近日本文化的能力。我不想浪费殖民历史在我父亲身上留下，又传给了我的日文能力，更重要的是，我拒绝自己因为中国人的身份，而被认为在对日本文化的吸收体会上，必然是次等的、肤浅的。

于是那一刻，我有了这样的念头，要通过小说家及作品，来探究日本——这个如此之美，却又蕴含如此暴烈力量，同时还曾发动侵略战争的复杂国度。这不是一个单纯的"外国"，而是盘旋在中国台湾历史上空超过百年、幽灵般的存在。

在清凉寺中，我仿佛听到自己内心如此召唤："来吧，来将那一行行的文字、一个个角色、一幕幕情节、一段段灵光闪耀的体认整理出意义吧。不见得能回答'日本是什么'，但至少能整理出叩问'我们该如何了解日本'的途径吧。"我知道，毋宁说是我相信，我曾经付出的工夫，让我有这么一点能力可以承担这样的任务。

*

写作这套书时，我有意识地采取了一种思想史的方式来讲述这些作家与作品。简而言之，我将每一本经典小说都看作是这位多思多感的作家，在自己所处的时代中遭遇了问题或困惑后因而提出的答案。我一方面将小说放回他一生前后的处境中进行比对，另一方面提供当时日本社会的背景及时代脉络，以进一步探询那原始的问题或困惑。如此我们不只看到、知道作者写了什么、表现了什么，还可以从他为什么写以及如何表现的人生、社会、文学抉择中，受到更深刻的刺激与启发。

另外，我极度看重小说写作上的原创性，必定要找出一位经典作家独特的声音与风格。要纵观作家的大部分主要作品，整理排列其变化轨迹，才能找出那种贯穿其中的主体关怀，将各部小说视为对这主体关怀或终极关怀的某种探测、某种注解。

在解读中，我还尽量维持了作品的中心地位，意思是小心避免喧宾夺主，以堆积许多外围材料、高深说法为满足。解读必须始终依附于作品存在，作品是第一位的、首要的，我的目的是借由解读，让读者对更多作品产生好奇，并取得阅读吸收的信心，从而在小说里得到更广远或更深湛的收获。

抱持着为中文读者深入介绍日本文学与文化的心情，重读许多作家作品，又有了一番过去只是自我享受、体会时没有的收获——可以称之为"移位抚情"的作用。正因为二十世纪的现代日本走了和中国几乎对立、相反的道路，日本人民在那样的社会中所受到的心灵考验，反映在文学上的，看似必定与我们不同，然而内在却又有着惊人的共通性。

他们看待世界的方式，尤其是他们看待时间在建设与毁坏中的辩证，和我们如此不同。然而，被庞大外在时代力量拖着走，努力维持个人一己生命的独立与尊严性质，这种既深刻又幽微的情感，却又与我们如此相似。阅读日本文学，因而有了对应反照的特殊作用，值得每一位当代中文读者探入尝试。

在这套书中，我企图呈现从日本近代小说成形到当今的变化发展，考虑自己在进行思想史式探究中可能面临的障碍，最后选择了十位生平、创作能够涵盖这段时期，而且我有把握进入他们感官、心灵世界的重要作家，组织起相对完整的日本现代小说系列课程。

这十位小说家，依照时代先后分别是：夏目漱石、谷崎润一郎、芥川龙之介、川端康成、太宰治、三岛由纪夫、远藤周作、大江健三郎、宫本辉和村上春树。每位作者我有把握解读的作品多寡不一，因而成书的篇幅也相应会有颇大的差距。川端康成和村上春树两本篇幅最长，其次是三岛由纪夫，当然这也清楚反映了我自己文学品味上的偏倚所在。

虽然每本书有一位主题作家，但论及时代与社会背景，乃至作家间的互动关系，难免有些内容在各书间必须重复出现，还请通读全套解读书目的朋友包涵。从十五岁因阅读川端康成的小说《山之音》而有了认真学习日文、深入日本文学的动机开始，超过四十年时间浸淫其间，得此十册套书，借以作为中国与日本之间复杂情仇纠结的一段历史见证。

目录

总序　看待世界与时间　／Ⅰ

前言　夏目漱石与其浪漫追求　／1

第一章　"明治作家"诞生
　　——夏目漱石与他的时代　／7

　夏目漱石出生的历史背景　／9

　"王政奉还"与黑船事件　／10

　保守势力的瓦解　／13

　改革中的明治维新　／15

　西化浪潮中的"文化堆栈"　／17

　晚熟的小说家　／19

第二章　破格与越界
　　——夏目漱石的文学探索与实验　／23

　重思"什么是文学"　／25

　不拘一格的文学尝试　／28

XV

以《草枕》叩问艺术的真谛　　　　/ 30

"浪漫"一词的创译　　　　　　　/ 32

艺术与"人情世故"的矛盾　　　　/ 34

想当然耳的"人情"与活得精彩的

"非人情"　　　　　　　　　　　/ 36

从西方文学的浪漫主义看"非人情"生活 / 38

第三章　开启"非人情"书写
——《草枕》　　　　　　　　/ 43

能剧与"疏离剧场"　　　　　　　/ 45

山村茶店的老妪　　　　　　　　/ 47

体验与诉说　　　　　　　　　　/ 49

被"人情"所遮蔽的美　　　　　　/ 52

无法被描述的容颜　　　　　　　/ 55

和暖春日与理发匠　　　　　　　/ 58

画的三种层次　　　　　　　　　/ 61

同期创作的《少爷》与《草枕》　　/ 63

村上春树谈夏目漱石　　　　　　/ 67

幻影女子的奇袭——志保田那美　/ 70

长良少女之歌　　　　　　　　　　/ 72

画家之眼与欲望之眼　　　　　　　/ 74

以自由的方式阅读小说　　　　　　/ 77

对话的竞赛　　　　　　　　　　　/ 79

镜池中漂浮的美女　　　　　　　　/ 81

凝固的场景与戏剧张力　　　　　　/ 83

禅修与艺术的境界　　　　　　　　/ 87

现代小说的故事性　　　　　　　　/ 91

关于翻译——如何传达"非人情"？　/ 93

第四章　承前启后的《少爷》与《虞美人草》　/ 97

颠覆既有认知、与众不同的小说　　/ 99

《虞美人草》的三种阅读法　　　　/ 102

夏目漱石笔下的"火车"情节　　　/ 104

反潮流的创作者　　　　　　　　　/ 106

贯串夏目漱石作品的主轴
——"人情"与"非人情"　　　/ 108

《少爷》中清婆眼里的"非人情"式价值　/ 112

小镇里的人情束缚　　　　　　　　/114

逃脱人情的人生选项　　　　　　　/117

《虞美人草》的叙述视角　　　　　/119

"世界是颜色的世界"　　　　　　　/122

一百个世界　　　　　　　　　　　/125

《虞美人草》中"非人情"的甲野　/128

说教的结局　　　　　　　　　　　/130

第五章　夏目漱石作品间的关联　　/135

十年创作收束于《心》　　　　　　/137

关于"真心"的课题　　　　　　　/139

"真心"与"人情"的相互矛盾　　/141

共同的问题意识　　　　　　　　　/144

《三四郎》的人情角力　　　　　　/146

早期三部曲

——《三四郎》《后来的事》《门》　/149

悬而未决的结局　　　　　　　　　/152

夏目漱石笔下的女性　　　　　　　/155

XVIII

第六章　夏目漱石与后世文坛　　　　　/ 157

　　东京大学"三四郎池"　　　　　　/ 159

　　刻意打造的粗陋校园　　　　　　/ 160

　　不追随潮流的京都大学　　　　　/ 162

　　军国主义时代的来临　　　　　　/ 164

　　"国民作家"——吉川英治、松本清张　/ 166

　　"国民作家"——司马辽太郎、宫部美雪　/ 170

　　明治时期的明与暗　　　　　　　/ 172

夏目漱石年表　　　　　　　　　　　/ 175

前言

夏目漱石与其浪漫追求

关于日本近代文学的开端，一般的共识溯及坪内逍遥的《小说神髓》和二叶亭四迷的《浮云》，或是如柄谷行人特别推崇的国木田独步的《武藏野》，都早于夏目漱石。然而无论采取什么样的文学史观点，都不可能忽视夏目漱石在理论和创作两方面的明确断代意义。尽管距离日本近代文学肇始时间不长，然而因为夏目漱石的出现，后人必须以不同眼光看待"夏目之前"与"夏目之后"的日本文学，尤其是日本小说的整体现象。若说夏目漱石的出现让日本近代文学突然成熟，跃入一个新的阶段，应不为过。

从台湾当下阅读的角度看，夏目漱石的断代作用会更清楚。"夏目之前"的小说作品，从二叶亭四迷的《浮云》、森鸥外的《舞姬》，到尾崎红叶的《金色夜叉》，通过翻译，我们今天读来虽仍有趣味与感动，但阅读过程中会有强烈的古旧历史气味扑鼻而来，能明显感到小说内容和我们之间的时空差距。相对地，夏目漱石的《少爷》《三四郎》《后来的事》《心》等几部作品，却能够很容易地让读者进入小说营造的情节与心理渲染，放下、遗忘了时代与文化的差异，沉浸在一种和小说人物间有着奇特"共时性"的气氛中，能够将自我投射在特定小说角色上，有着很自然的情感共鸣。

要系统地介绍日本近现代经典小说，以夏目漱石为起点，毋宁说是没有任何悬念的自然选择。累积多年来陆续将夏目漱石主要小说作品大致读过后的印象，我还有一个原本也以为没有悬念的选择，那就是以《心》作为夏目漱石的关键代表作，应该以这部最为成熟且复杂的作品为中心，来展开解读夏目漱石的文学关怀与成就。

因而在为"诚品讲堂·现代经典细读"规划课程时，我就安排了《心》作为指定阅读书目。不过接着在准备课程的过程中，意料之外的情况出现了。为了求全，我特别找了过去从来不曾读过、即使在日本都算是夏目漱石作品中大冷门的《草枕》，读了第一次大受震动，连忙又仔细读了第二次，确认了震动的根由。

《草枕》解决了我过去认识夏目漱石的一道瓶颈——如何在强调夏目漱石小说作品的风格多样性之外，找出贯串诸多异质内容的某种综合价值观或人生、社会追求？很难想象这批集中在十多年间完成的丰富作品，彼此之间缺乏有机的联结，但每本小说却又似乎各具性格，摆出要朝不同方向奔放的热闹姿态。

幸好有《草枕》。这部作品中明确提出的"非人情"与"人情"的对峙拉锯主题，以及如此精彩铺陈的"非人情"的艰难与奇魅兼具的特性，给了当时的我打通任督二脉之感。

因而授课时，原本的计划被推翻重订了。我花了很多时间介绍、讨论、解读即使是过去读过许多夏目漱石作品的中文读者都不见得接触过的《草枕》，以这部冷门小说来展示夏目漱石写作小说的一些特殊技法。

另外在从授课到成书的过程中，洪建全基金会的简静惠董事长表示她对"东亚史"很好奇却不知从何入手理解，要求我在基金会所属的"敏隆讲堂"开设一门有关东亚史的课程，经过讨论安排，后来成为与"台北电台"合作的"空中教室"形式，我用二十个小时讲了"东亚史的关键时刻"，整理从明治维新到辛亥革命间，这半个世纪中国、日本和韩国的互动历史。这门课程的完整内容现在可以在网络上找得到、听得到。

准备并讲授这门课程让我有机会更深入地阅读日本史文献，形成了更明确的理解，尤其是认清了明治天皇在位期间的前后不同阶段，绝对不能混为一谈。以日俄战争为交界点开启的明治后期历史中，日本爆发出种种严重的社会问题，考验了在仓促中打造出的现代体制，也开放了左右翼极端思想的激烈争斗空间，动摇了原本的政治与经济秩序。

夏目漱石正是在这样的时代环境中创作小说的，关川夏央和谷口治郎甚至将这个时代称为"《少爷》的时代"，以此为名，完成了精彩的五册"文学史漫画"。《〈少爷〉的时代》第一册将夏目漱石的生活与他的主要作品《少爷》混杂交错呈现，帮我塑建了作者创作背景的临场感，对于我能找到切入介绍夏目漱石作品的路径，也有很大的影响。

对于夏目漱石的解读，是这套书十本中的第一本，我努力实践"要将金针度与人"的期许，虽然书中必然呈现了许多我自己阅读作品的主观心得，但书的重点不在凸显个人主张与意见，而是希望能够称职地提供一些具体的建议，让大家怀抱在心，如此去读夏目漱石的任何作品时，都会更容易领受其中的信息与信念，在阅读中得到更丰富或更深刻的收获。

书中真正仔细介绍分析的，其实只有《草枕》一部作品，再加上比较明确地指引进入《虞美人草》的方式，然而透过铺陈时代给予夏目漱石的层层考验，点出"非人情"与浪漫艺术追求如何在他表面平静的生活与写作中涌动，我希望读者不只会好奇地想去接近我略为提到的《少爷》《三四郎》《后来的事》《门》《心》《明暗》等几部长篇小说，而且会感觉和夏目漱石的情感模式得到更贴切的呼应，听到作品内更多的真挚声音，将夏目漱石视为认真探索生活的热情的同道中人。

第一章

"明治作家"诞生
——夏目漱石与他的时代

夏目漱石出生的历史背景

夏目漱石出生于一八六七年，在一九一六年去世。出生那一年正值孝明天皇去世，由明治天皇继位；而他去世的那一年，是大正五年，也就是他比明治天皇只晚了五年离开这个世界，因而他成长到活跃的时间，几乎都落在明治时代，可以说是不折不扣的"明治作家"。

在日本历史上，讲到"明治"必然想到明治维新，不过明治天皇在一八六七年二月十三日即位，明治维新却是从一八六八年开始的。时间差来自明治天皇的正式加冕礼，比实际登基晚了超过一年半。

这中间所发生的事，同时还涉及我们今天如此熟悉的日本首都为什么在东京，以及为什么东京会得到这样的名字。先是一八六八年九月三日，天皇下诏将德川幕府的根据地"江户"更名为"东京"。这不是简单的改名而已，更传递了重大的政治变革信息，象征着天皇正式将一直控制在德川家手中的江户收回。

而"东京"的"东"字，是对应位于关西的京都，也就是明确地重申日本的中心在京都，江户则是在东方的一个同等级京城。过去作为幕府基地，在幕府拥有实权，而天皇只是象征性、仪式性元首的时代，权力和财富的中心都在江户，现在天皇升起、幕府下降，所以权力和财富都该相应转到京都，但仍然承认江户的重要地位，所以配给它副首都"东京"的称号。

这背景是天皇和幕府间的拉锯变动关系。一八六八年以传统干支计数是"戊辰"年，这一年还爆发了幕府拒绝彻底屈服的最后一战，历史上就叫作"戊辰战争"，相当程度上，也就是这场战争拖迟了天皇正式即位仪式进行的时间。戊辰战争拖到一八六九年六月才正式结束，不过到天皇正式加冕时，"王政复古""王政奉还"的局势已经底定，不可能再被动摇了。

"王政奉还"与黑船事件

"王政奉还"的起点是一八五三年的"黑船事件"。美国海军的四艘现代舰艇在佩里（Matthew Perry）准将的率领下，来到了日本，引发了当时还在幕府统治下严格锁国的日本的极大震动。

佩里带着明确的目的来到日本，就是要强迫日本打开国门。他并非不小心、误打误撞闯进日本的，他原本计划要带更庞大、更具威胁力的舰队前来，受到美国国内情况限制，最后才只带了四艘船来。

佩里准将是十九世纪中叶的积极扩张主义、帝国主义的信仰者，尤其是心怀着以当时西方最强大的帝国主义国家英国为对手、为榜样的信念。美国脱离英国独立，经过了将近一百年，双方建立了和平且活跃的贸易关系，然而到这时候，英美贸易上出现了明显严重的不平衡。英国工业化进展既早又快，加上英国垄断了远东的贸易通路，有很多货物可以卖给美国，不只是先进的工业制品，就连东方的瓷器、香料、丝绸等传统奢侈品，美国都大量向英国购买，形成了愈来愈大的贸易逆差。

当时流行"重商主义"价值观，强调国家必须尽力保护自身的贵重金属，避免外流，认定逆差是伤害国家实力与地位最严重的问题。美国对英国的逆差，引发了像佩里这样的人的高度危机感。

美国西岸的重要城市旧金山（San Francisco），名称源自天主教的圣者方济各，然而在中文世界里通用的名称却是"旧金山"，反映了这座奇特城市形成的主要力量。旧金山地形崎岖，有许多坡度陡峭、上上下下很不方便的道路，人们怎么会选择这种地方来定居，发展出这样一座繁荣的都市？

因为有"金山"，因为淘金带来的热潮，为了靠近金矿，黄金的高利益诱惑使得人们愿意忍受任何的不方便。旧金山曾经是美国加州黄金产销的重要中心。

然而在十九世纪五十年代，从数量上看，每年加州开采出来的黄金，至少一半不会留在美国自身的经济系统里，而是以贸易逆差的形式送去英国了。美国一八四六年获得俄勒冈地区，两年后的一八四八年，正式并入加州，国家边境向西开拓到达了太平洋海岸。如此乐观积极的拓展意识中，美国特别感到对英贸易逆差的难以忍受。

对佩里这一代的帝国主义信仰者来说，美国好不容易经历了一百多年的开拓，来到了太平洋岸，而且在这里找到了天赐的黄金。除了实质的金矿外，还有战略上的抽象黄金，那就是打通了从美洲东岸到西岸的路，不需要再大老远绕到南美洲的最尖端，经麦哲伦海峡后又千里迢迢北上；现在可以通过巴拿马地峡，更重要的是，可以在美国自己的国土内建设通路。

战略上的抽象黄金应该用来保护实质的黄金，这就是佩里的战略思考。美国到达了太平洋岸，可以直接越过太平洋到达远东，就不需要像以前一样，得让远东货品经手英国人，从大西洋海运送到美国东岸。

所以他积极想要推动"太平洋策略"，首要的目标是在远东找到一个超越英国人布局的贸易基地。一八五三年，他硬着头皮率领对他来说远远不够的四艘船舰急着航向日本，他心中想的不是日本，而是更广大、更艰难的对英国贸易竞争。

他会选择日本，有三个主要理由：第一是日本在地理位置上靠东，也更靠近美国西岸；第二是日本长期锁国，所以其他西方国家，尤其是英国，都不曾在那里建立据点，更不像印度尼西亚已经成为荷兰人的禁脔；第三是日本靠北边的位置，还可以给美国从大西洋转向太平洋发展的捕鲸业，提供迫切需要的休息站和补给站。

保守势力的瓦解

佩里原本计划带十二艘军舰前往日本,因为他的盘算很直接、很简单:一次就以绝对优势的武力打开日本大门,日本政府同意得开,不同意也得开。

佩里的想法有其依据,因为他研究了英国过去十年和中国打交道累积的经验。英国及几个进入远东的列强在进入中国的过程中,建立了明确、有效的程序。他们知道光是以海军武力,就足以进犯中国的海岸,威胁清政府和谈并签条约,而且他们也琢磨出了对西方在远东最有利,却又最不受清政府抵抗的条约内容。

佩里带了这样的想法与准备,甚至连条约该如何要求都想好了,前往完全没有防备的日本。

西方列强携带着"中国经验"到日本,这是日本的不幸。不过,换一个方向看,日本也有自己的"中国经验",也在这场戏剧性互动中派上了用场。日本已经注意到清朝的遭遇,看见清政府领导下的国家面对西方势力的节节败退。德川幕府长期执政之下产生了许多愈来愈难解决的结构性问题,其中一项是封建底层武士的没落贫穷,加上江户商业繁荣发展带来的相对被剥夺感,对于西洋的好奇很快就在不安的武士阶层中带来进一步的骚动。

司马辽太郎建构"幕末史观"的经典代表作之一《坂本龙

马》中，一开篇描述的就是坂本龙马不顾禁令，偷偷去看美国黑船的场景，显现出当时在龙马所处的武士圈中，已经有了如何应对西方的想象与讨论。龙马早早就选择了开国的立场，向往海洋，所以黑船的到来令他既惊讶又兴奋。

当然，龙马是少数派。在黑船的震撼之下，多数派的立场是讨论该如何继续维持锁国，但因为有清朝的前例，也不能单纯只是说要锁国就锁国。于是有像佐久间象山这样的人，认真思考该"如何锁国"，并做了详细的计划，对幕府提出建议。

佐久间的思考，主要还是参照清朝的状况，认为要锁国不开放，那就一定要学习炮术，在沿海建构防守炮台。不过他在这个基础上再向前延伸，强烈主张从长远来看，光有炮与炮台是不够的，更进一步必定要造船，更要建立自己的海军。

日本幕末的历史中，佐久间象山和他的弟子吉田松阴有很重要的地位。他们是支持幕府也支持锁国的，然而吊诡的是，他们认定日本能锁国的条件，却指向开放：要向西洋学技术，还要模仿西洋的方式建立海军，也就是要让日本人更积极地往海上去。这其实不就打破了德川幕府原本严格管辖海岸、将人民锁在岛屿陆地上的政策？

他们提出的主张影响很大，连站在幕府这边的人，都相信应该开放，从而使得黑船事件发生后的日本快速变化，真正固执的保守派势力土崩瓦解，无论是支持还是反对幕府的人，都接受了开放向西方学习的必要性。

改革中的明治维新

佩里在日本，向幕府政府递送了来自美国总统的国书，国书写作的对象是日本的"世俗皇帝"。美国人知道日本有两个国家领袖，理所当然假定有一个是宗教的，另一个是世俗的。美国要谈条约，当然要找具备实权的领导者，那在日本不是天皇，而是幕府将军。

很自然地，在和美国及其他西方势力交涉过程中的笨拙、屈辱，引发了日本社会对于幕府的不满。过去两百年间德川幕府强力压制各地强藩，本来就累积了许多潜在的冲突，此刻看到德川家颠顶无能，这些势力便高张反对旗帜。

江户时代最盛大、最有名的"大名行列"[1]，看起来很热闹、很惊人，然而在政治上的实质作用是逼迫强藩藩主定期到江户晋见幕府将军，而且旅途中一路铺张浪费，目的是将他们的财富花掉，不得累积在自己的领地里。藩主身边的家臣也要跟着去江户，还被严格规定必须在江户待多久，幕府要保证这些人也受到德川家监管，不会只效忠藩主，勾结做出对幕府不利的举措。

这样的手段在统治上有其效果，但遇到变局时，原本敢怒不敢言的强藩就借机联合抵制幕府了。最大胆积极的，是在南方九州岛的几个强藩，他们的根据地离江户很远，而且地理与

---

[1] 大名行列：日本藩主、诸侯携随从出行。

气候的条件让他们有着比较丰厚的经济与武力资源。他们很聪明地拉拢了天皇作为反抗合法性的基础。

一开始的骚动争议是针对该继续锁国还是开国，然而没多久，开国成为势不可当的共识，骚动的焦点就转移到是"公武合一"还是"王政奉还"上。

两者都是将原本纯粹象征性的、一直在权力暗影中存在的天皇，推到了政治舞台的最前方。"公武合一"指的是"公家"（也就是天皇）和"武家"（也就是幕府）要齐心协力解决问题。这是承认在危机中幕府的权威不足，所以要拉拢天皇，借天皇来创造更大的团结力量。

"王政奉还"却是要排除幕府，将实权还给天皇，解决日本政治上存在长达几百年的二元结构，将象征与实际的统治地位合二为一。

一阵混乱中，在一八六七年，也就是夏目漱石出生这年，又发生了孝明天皇去世的事件。在当时的骚动情境下，天皇的死讯一传出，就同时出现了天皇并非自然死亡的耳语。言之凿凿的说法是天皇朝廷中的倒幕派大臣木户孝允毒杀了天皇，原因是孝明天皇支持"公武一家"，阻碍了更激进的"王政奉还"改革计划。

很多人相信这个谣传，却没有人追究，显示了德川幕府之不得人心。明治天皇即位后，身边的大臣一边倒地反对"公武合一"，幕府的处境于是更艰难了，被要求"王政奉还"的压力也愈来愈大。

其实天皇已经几百年没有行使过统治权了,并没有一个现成可运作的朝廷,要"王政奉还",就必须几个强藩联合起来,一方面推翻德川幕府,另一方面协助天皇新组政府。

天皇没有经验,强藩也没有经验,但他们很快拟定了简单的策略,积极推动。既然幕府是因为无法应对西方强权问题而垮台,那么"王政奉还"后的施政重点就放在尽快引进西方制度上,让日本快速西化,不只要取得阻止洋人侵夺的能力,还要赢得列强的尊重。

西化浪潮中的"文化堆栈"

这是明治维新的根本精神,长达三十年的时间中,由政府主导的制度改革持续进行,思想与生活只能在后面追赶。日本进入飞速转型的模式,快到使人没有闲暇可以停下来问问题。

"王政奉还"之后是"版籍奉还",废除了封建制度,然后是成立贵族院、众议院,一路一直冲到立宪,这过程中谁都不能多问一声:为什么要这样做?更不能问:有别的做法、别的可能吗?答案已经包含在行为里——西方是这样,若我们要像西方一样强大,也必须这样。

甚至就连甲午战争之后,在下关春帆楼谈判时,伊藤博文对李鸿章提出了割让台湾的要求，动机也很简单——所有的西方强国都有殖民地，日本也应该尽快进行海外殖民。后来的发展证明，日本根本没有弄清楚殖民统治一个地方有多复杂、有多困难，好不容易占领了台湾，耗费了庞大经费，却发现这看起来像是个钱坑啊！于是日本国会一度要求将台湾"转卖"出去，甚至还向潜在的买主英国、法国分别兜售过。

明治维新进行了二十多年后，发生了中日甲午战争，那是一场大验收，结果比日本人自己预料的还要成功，更强化了日本蒙着头学习西方、快速西化的信心。这场战争日本不只是打败了强邻中国，而且强迫中国签下了连西方列强都不曾得到过的一份割地赔款的不平等条约。还不只如此，战争结束后，中国掀起了留学潮，大批青年涌到日本来积极向日本学习。

这证明了二十多年的急速改革是有效的，日本得到了无可否认的巨大成果，因而更认为应该利用从中国得来的庞大赔款，持续推动西化与现代化进程，不能停、不该停。

西方冲击到来之前，日本的传统社会与文化已经形成了一种特殊的结构，在人类学中称为"堆栈（stratification）式文化"。日本持续接收了许多外来文化，但这些外来因素进来之后，往往没有经过文化适应（acculturation），和原有的文化融合，产生复合型的新文化，而是创造了一个新的文化层，堆栈在既有的社会行为、风俗之上，并立并存。

所以日本历史上的主流文化现象，不是文化适应，而是文化堆栈。"大化改新"时，唐朝文化大量进入日本，成为平安时代贵族文化的主要内容，但既没有在贵族间和原有的神道文化互动融合，更没有影响到更广大的庶民层。神道文化中强烈的泛灵论，以及庶民文化中强烈突出的情色文化，都没有被中国的儒道思想改造，原汁原味地保留着。

日本的独特现象：上层压着外来的儒家文化，底下却是神道文化所保障的万物皆有灵，可以有百万神明的神社信仰。另外在中国台湾，人们喜欢形容日本人"有礼无体"，也就是这种堆栈所带来的不统一、并立现象。"礼"是外来的，用在外表上，却没有改变内在的"体"，对待身体、对待情欲的态度，在日本从来都保持着传统庶民文化的性质，两者明显矛盾，但无碍于在日本人的生活中分层并存。

等到后来"兰学"发达，再到西方事物涌入，日本接受的方式也是再创造了另外一层，和儒学、和神道、和庶民情色文化并存。如此不协调的因素不需经过痛苦挣扎的融合过程，就能很快进入日本，在日本存在，没有引发像在中国那样复杂、漫长的抗拒、变形、融合过程。

晚熟的小说家

夏目漱石成长于这样的时代潮流中。他的汉文很好，可以从他的笔名"漱石"清楚看出来。"漱石"二字出自中国六朝典籍《世说新语·排调》中孙子荆的故事。晋朝流行隐居避世,孙子荆为表现自己赶得上潮流,就用文雅的语言描述了自己的理想生活,他想说的是"枕石漱流"——一种没有人为干预的大自然生活,头枕在石头上睡觉,醒来就汲取身旁的溪水漱口,却不小心口误说成了"漱石枕流",听他说话的王济就调侃他:"哇,头可以枕在流水中?石头怎么拿来漱口?"孙子荆急中生智,硬拗说:"枕流是为了洗耳朵。漱石呢,是为了磨利牙齿。"

夏目漱石十六岁之前受的教育以汉文为主,十六岁时进入成立学舍就读,才开始转而学习英文,二十一岁进入第一高等中学英文科,后来又进入东京帝国大学英文科,二十六岁毕业,之后继续在东京帝国大学大学院(即研究生院)攻读,同时任职于东京高等师范学校当英语教师。到了一九〇〇年,这一年他三十三岁,被派往英国伦敦大学留学,到一九〇三年初回东京时,他已经三十六岁了。

回国后的第二年,即一九〇四年,夏目漱石才开始动笔写他文学生涯中的第一本小说——《我是猫》。这本小说用一只猫的视角来看人间,最初在一本儿童杂志上刊登了一小段内容,然后才换到《子规》这本杂志上正式发表。《子规》杂志的名字来自日本近代文学史上的一位重要作家——正冈子规,而正冈子规是夏目漱石的中学同学。文坛上会出现《子规》这本杂志，是为了纪念在一九〇二年去世的正冈子规。这意味着同辈的文学明星正冈子规已经写完了人生中所有的作品，告别人世之后，夏目漱石才起步进行小说创作。

不只如此，夏目漱石的另一位中学同学也在日本近代文学史上占有重要地位，那就是尾崎红叶，他比夏目漱石晚一年出生，在夏目漱石写作《我是猫》的前一年，一九〇三年，尾崎红叶就去世了，留下《金色夜叉》这部日本近代小说经典。

相较于正冈子规、尾崎红叶，夏目漱石在小说创作上非常晚熟。从一九〇四年他正式开笔写《我是猫》，直到一九一六年去世，他真正用在小说创作上的时间前后只有十多年。换一个角度看，短短十多年间，夏目漱石竟然就留下了那么多部重要的作品。

晚熟的夏目漱石开始写第一部小说时人生已经大致定型了，他的作品在日本文学史上能够发挥更大的影响力，因为他有了充分积累、有了坚定看法，在创作上几乎完全不受当时的文坛风气左右，在当时的主流之外，开创出自信、独特的一片天地。

第二章

破格与越界
——夏目漱石的文学探索与实验

重思"什么是文学"

夏目漱石在一九〇〇年到英国留学,三年后回到日本。因为具备当时极为少见的留学资历,夏目漱石一回到日本就受到文坛的特别重视。在成为小说创作者之前,夏目漱石已经以评论者的身份崭露头角,取得了一定的地位。

一九〇七年,夏目漱石出版了《文学论》,书中序文用带有戏剧性、夸张意味的方式如此宣告:

> ……我决心要认真解释"什么是文学",而且有了不惜花一年多时间投入这个问题的第一阶段研究的想法。(在这第一阶段中)我住在租来的地方,闭门不出,将手上拥有的所有文学书籍全都收起来。我相信,借由阅读文学书籍来理解文学,就好像以血洗血一样(绝对无法达成目的)。我发誓我要穷究文学在心理上的必要性,为何诞生、发达乃至荒废。我发誓要穷究文学在社会上的必要性,为何存在、兴盛乃至衰亡。

这段话在一定意义上呈现了日本近代文学的特质:首先,文学不再是消遣,不再是文人的休闲娱乐,而是一件既关乎个人存在,也关乎社会集体运作的重要大事。因为文学如此重要,所以就必须相应地以最严肃、最认真的态度来看待文学,从事一切与文学有关的活动。

其次,文学不是一个封闭的领域,要彻底了解文学,就必须在文学之外探求。文学源于人的根本心理需求,也源于社会集体的沟通冲动。吊诡的是,以文学论文学,反而无法掌握文学的真义。

夏目漱石突出地强调这样的文学理念,事实上,他之所以觉得应该花大力气去研究文学并书写《文学论》,是因为当时日本的文坛正处于"自然主义"和"浪漫主义"两派热火交锋的状态,双方尖锐对立、势不两立。夏目漱石不想加入任何一方,更重要的是,他不相信、不接受那样刻意强调彼此差异的战斗形式,于是他想绕过自然主义及浪漫主义,从更根本的源头上弄清楚"文学是什么"。

文学上的自然主义是什么呢?这是源自法国、从"写实主义"进一步发展而来的小说风格与相应的理念,最主要的提倡者与实践者是左拉。"自然主义"的"自然"采用的是十九世纪科学飞速发展所带来的形象,"自然"是科学研究的对象,通过科学方法,尤其是进行实验,人类得以掌握了自然的规律。

孔德(Auguste Comte)开始将原本用于探索自然的科学精神、科学方法积极运用到对于人的研究上,打破在此之前自然与人文知识之间理所当然存在的壁垒。现代心理学与社会学的建立都受到孔德强烈的影响。

然而将科学方法运用在对于人的理解上,很快就遇到了难以突破的瓶颈,这提醒了人们,人的现象和自然现象有着最根本的差异——科学方法以实验为基石,科学知识中最为确凿的东西来自严格实验的结果;但是对于人,不管是个别的心理运作还是集体的社会行为,能进行实验吗?

这个瓶颈困境纠缠着刚刚诞生的"社会科学"。马克思、韦伯、涂尔干等人都曾从不同方向提出对这个问题的解决之道,构成了另外一股强大的"社会科学方法论"的知识潮流,而左拉也参与了这方面的思考,并提出了独特的看法。

左拉主张:小说就是人的心理与社会的实验室。我们无法拿真实的人来做实验,但我们可以在小说中创造拟真的人,控制好各种设定,在小说中进行实验。如此便能将人的行为、人的现象"自然化",运用小说家的想象力,依循严格的规律,看出一个人的人生轨迹。左拉强调,对人有决定性影响的主要有两个因素,一是遗传,二是环境,所以在小说中进行实验的方式就是设定好一个人的遗传性质——有什么样的父母与家世,然后放入特定的环境中,看看他会有怎样的遭遇,又将成为一个什么样的人。

自然主义的想法落实在作品上,例如左拉的《娜娜》,与其说是在探索,还不如说是在示范,示范如果让一个人从父亲那里得到一点败德的遗传,再从母亲那里承袭疯狂的成分,进入大城市的贫穷环境,那么所有这些成分会像牢笼一样划出一个很小的范围，她的一生必定落在其中，无从逃脱。

不拘一格的文学尝试

夏目漱石直到一九〇四年，三十七岁时，才开始写第一部小说《我是猫》，一九一六年，他就去世了，前后真正得以进行小说创作的，不过才十年多一点的时间。如果他不是那么晚才开始写作，想必会在日本文学史上留下更多的作品吧！不过换另一个角度看，如果不是那么晚才开始写作，他在日本文学史上会因而有更大的影响力吗？

夏目漱石的小说创作迸发出惊人的能量，十几年间光是长篇小说，从《我是猫》到《路边草》，就完成、出版了十四部之多。更惊人的还在于他每一部小说的写法几乎都不一样，也使得我们理解他的作品时，不时会感到困扰——不知道应该如何读这些风格不一的小说，如何去理解它们彼此之间的关系。

一位作家和他自己的作品之间不见得有必然、固定的关联，但是首先，从自我的生命经验来思考，你很难想象小说家在写作时，他的几部作品之间是毫无关系的。其次，为了在作品中读出更多意义来，无可避免地，读者会好奇作者究竟是什么样的一个人，进而去联结这位作家的其他作品和现在正在读的这本书，试图找到彼此之间可能含有的关联性。

由此立场来分析，夏目漱石之所以创作出风格不一致的小说，其中一个重要关键在于他要对抗那个时代排山倒海而来、新卷起的小说潮流。经过了一百年之后，当你去接触夏目漱石的作品，不得不从文学与艺术的角度去肯定他的小说成就——不随波逐流、不追随潮流起舞的精神。

夏目漱石为何尝试写下这些风格不一致的小说？因为他不认同当时主流的自然主义小说。他极力摆脱自然主义，要在小说这个领域上另辟一番天地。真正出自良心，要去摸索、探求存在于主流之外的艺术模式，这当然是一条相对艰难的创作之路。夏目漱石不拘一格，勇于尝试新式的小说创作，如果不是具备深厚的文学与人生底蕴素养，不可能做得到。

在夏目漱石所有的实验小说中，共同点是都贯彻了一个主题，那是由小说《草枕》所点破的"人情"与"非人情"之间的纠葛。《草枕》是夏目漱石艺术生命中的重要主轴，我们可以从中体会到他理想中极简单又最纯粹的"非人情"天地。

《草枕》呈现出一个怎样的世界？一个由都带有"非人情"倾向的角色所构成的干净世界。小说中的叙述者"我"以艺术家的眼光去观看现实，试图找出一个"非人情"安身立命的位置。他所遇到的女性——那美小姐则以生命中奇特的能量，隔绝"人情"的干扰，为自己树建了虽小却精巧的"非人情"环境。

在《草枕》中，夏目漱石从艺术的原点出发，一层一层地去探索什么是"非人情"。《草枕》勾勒出可以让艺术家毫无来历地进出的情境,整部小说没有开头,没有结尾,只是剪影刻画了一段"非人情"的逍遥之旅,展现出夏目漱石的艺术涵养。

以《草枕》叩问艺术的真谛

《草枕》不是以情节为主的小说,很多地方读来不太像小说,像诗,甚至像论文。作品中描述的重点不在于发生了什么事,而是描述时间流淌中的观察、体会与心境。不过这部作品却也绝对不是散文或随笔,因为夏目漱石巧妙地让其中的第一人称叙述者"我"所经历的和所思索的呼应结合,构成了一个严密的整体。另外他在小说中塑造、刻画了一个时而神秘、时而好笑、时而戏剧化的女性角色。

中文世界译介了许多夏目漱石的作品,但可想而知,没有那么明确具备小说性质、不能理所当然地用一般方式来阅读的《草枕》,几乎是最不受注意的一部。然而从两个方面看,我会郑重建议大家不要错过这部作品。

第一是这部小说和另一部也没那么容易阅读的《虞美人草》,是夏目漱石表达内在深刻思想的作品。他和同时代其他作家最大的不同,就在于不愿意想当然地、人云亦云地写描述明治时代激烈社会变动的自然主义小说，或捡拾自己生活中带有高度私密性，最好还有一点败德忏悔意味的部分构成"私小说"。他要自己重新探测文学、小说的意义，也要离开已经形成的惯例去开拓文学、小说的可能性，这是他最了不起之处，也是他最大成就所在。而《草枕》给予他新的形式自由，让他能将相关的艺术信念挣扎与形塑过程记录在其中，等于是贯串他所有小说的一份深层指南。

第二是《草枕》如诗、如哲学与艺术随笔，书里面含纳了许多关于人生与创作的原生想法，值得细细咀嚼，从中得到特别的智慧。

这本书第一次出版时，书名是用日文假名写的"草枕"（くさまくら），有兴趣的人可以去找二〇〇八年出版的英文译本，书名是"Kusamakura"，也就是纯粹的音译，没有译出意思来。为什么选择这个书名？最主要是在一九六五年曾经有另一个译本，将书名译作"The Three-Cornered World"（三角世界），而且当时的译者阿兰·特尼（Alan Turney）特别解释了为什么不将书名译作"The Grass Pillow"（草枕）。直接翻译"草枕"的字面意思，凸显不出来这个词在日文中特殊的来历、渊源、典故，同时也无法捕捉这部小说特殊的价值。所以他宁可选择书中一段话来代表小说内在的精神：

> 我想你可以说艺术家是活在本来四个角的世界却被移

除了叫作"常识"的那个角,只剩下三个角的情况中的人……

艺术家活在没有常识的世界里。那不只是艺术家自我的选择,而且构成了成为艺术家最核心的条件。当所有人都活在"人情"中,甚至都为"人情"而活时,艺术家离开"人情"进入"非人情",以"非人情"为其生活与作品的主要精神。

夏目漱石借《草枕》认真探问:艺术到底是什么?怎样的因素、怎样的成分,或怎样的经历使得一个人可以成为艺术家?为什么在社会中有艺术家?还有,艺术家应该和人世间的现实有什么样的关系?

这是致使这部小说容易被译介到西方,相形之下却很难得到中文读者青睐的根本原因。

"浪漫"一词的创译

今天我们通用的"浪漫"这个词,是夏目漱石翻译的,中文再从日文套用过来。"浪漫"对应的是 romance、romantic、romanticism,其实之前已经有森鸥外所翻译的"传奇",但自从夏目漱石改译之后,"浪漫"很快就取代了"传奇"。

夏目漱石的确比森鸥外高明多了,他很明白 romance、

romantic、romanticism无法在中国或日本传统语言概念中找到对应的特殊情感。甚至在西方，它都是十九世纪才突然兴起、大为流行的新鲜概念，如此新鲜、奇特，当然必须、只能用完全新创的词语来表现。

《草枕》从一开始，就指向了这种"浪漫"的追求，提出了人要如何突破既有边界限制，去开发更大、更丰富体会的根本问题，却又将这样的问题放置在高度"和风"的情境中，使得全书呈现出一种既和又洋、既不和也不洋的独创混合暧昧性质。这和夏目漱石创译的"浪漫"一词的高度文化差异敏感性，显然是一脉相承的。

因而作为中文读者，我们应该更小心应对《草枕》书名中的这两个字。这是需要仔细解释并用心体会的一个观念，不单单是两个我们一眼看过去就觉得自己当然认识的汉字。

两位英文译者一前一后，都决定不将"くさまくら"直接翻译为"The Grass Pillow"，就是要避免读者产生太理所当然的联想，错失了夏目漱石所要表达的复杂意味。

"くさまくら"，从训读发音上可以知道，它来自日本本土语言，不是由中国传过去的，是后来才选用了汉字来标示这已经存在于日语中的词语。

"草枕"字面意思是"以草为枕"，而不是指在里面填了草的枕头。"以草为枕"指睡觉时没有一般的、现成的枕头可以用，而睡在草上，也就是露宿。更进一步，"草枕"借喻人和自然的一种亲密关系，以身体直接贴在土地上，去除了日常的各种人造物品的中介、隔离，人就在自然中，还原为自然的一部分。

而在小说中，夏目漱石更进一步延伸设定"草枕"是"离开了'人间'的短暂情况"。日文中的"人间"是"人"，也是"人世"，而构成"人间"的主要成分，对人们来说最主要的是"人情"，所以"草枕"是人暂时得以离开、摆脱"人情"所产生的经验与思考。

"人间"、"人情"或"人情义理"在日本社会中极其重要，一直到今天日本人的生活中仍然充满各种"义理"的要求，在传统社会中"义理"当然更是全面笼罩了每个人的生活。随时都活在"人情义理"里，久而久之，人没有了自我，只有人际伦理规范所要求的集体角色，离开了社会角色，就无从行为，也不知道自己是谁、自己在哪里。

所以"草枕"另一层的意思指向人会不时出现一股冲动，想要逃离"人情"、得到自由并寻找共同"人情"以外的自我。而自然，是最简单、最常见的，让人得以逃离的诱惑。

艺术与"人情世故"的矛盾

虽然"漱石"这两个字，最早是中学同学正冈子规用来写俳句的笔名，后来才被夏目漱石袭用，但选定不改变这个名字,还是与夏目漱石的深层人生观有一定的联结。

那样一种由人世引退、进入自然的向往,以及即便想退隐仍然会被人世的语言、人际的互动干扰的状态,表现在"漱石"的典故上,也表现在《草枕》的书名及其内容中。

"草枕"代表的就是一种离世、离开"人情"的意欲与状态,因而也可以说是从"人情"转入"非人情"。"非人情"这个观念贯串了这部小说。小说中的主角是一位画家,他出发踏上旅程,展开了对于旅程的记录。之所以有这趟旅程,不是因为他要去哪里,而是他要寻求一种"非人情的生活",重点在于离开,要离开一般、日常、固定的"人情生活",而不在于去到哪里的哪一个目的地。或者应该说,旅程开始于明确的离开,但不确定要去哪里、会去哪里。

这样的旅行并未事先安排好行程路线,没有固定拜访景点,所以心中有着一种不妨走到哪里就停留在哪里,甚至餐风饮露都没关系的"草枕"心情。

这个叙述者是一位自觉的艺术家,旅程开始之前,他的生命中已经存在着根本的困扰,那就是艺术该如何和"人情"共存。"人情世故"是艺术的对立面,甚至是艺术的敌人,艺术家同样是人,不可能没有"人情"、完全不顾"人情",但如果他被"人情世故"或"人情义理"绑住了,什么都有规范、都有现成的答案,怎么能有艺术上的创造性呢?

真正最精彩、最独特的,是夏目漱石面对这一困惑的提问方式。他不是从负面的角度问：那么一个艺术家要如何离开"人情世故"？而是经过了一个回弯转折，问：如何能够找到一种"非人情"的生活呢？

这是不一样的视角。那就不是要描写人如何隐遁、如何离群索居。艺术家还是人，还是要有生活，不可能真的变成自然界的一棵树或一只老虎，但他又没办法过一般人的"人情生活"，于是和他的艺术冲动同时发生，并且必须同时处理的，是如何为自己寻找、创造出"非人情生活"，就如同在大自然里找到一个"草枕"，不是人为刻意的枕头，却还是提供了安睡的一份依赖。

小说一开头便说"人世不易"，活在人间不容易啊！叙述者之所以要踏上旅程，要带着对"非人情"的向往上路，正因为他发现了、确知了人情的羁绊与限制。

想当然耳的"人情"与活得精彩的"非人情"

什么是"人情"？

《草枕》开头是一段看起来像老生常谈的俗话：太聪明的人会被聪明所误，感情太丰富的人容易过于冲动，至于固执的人则会跟自己过不去。如果有这些个性上的问题，该怎么办？太聪明的人修正变笨一点，感情丰富的人要尽量别冲动，太固执的就放软自己的身段，别一直那么硬。

然而接下来，夏目漱石特殊的看法出现了。如此对治个性问题的方式，就是"人情"，即常识中的集体智慧，想当然耳可以作为解决问题的答案。但真的吗？真的有这边出了问题调整一下挪到别处就能解决的办法吗？小说的起点是，叙述者"我"领悟了"人世不易"，真正的艰难之处就在于没有这种可以逃避的选择，去到哪里都是艰难的。

所以必须抛弃原本"人情"思维的固定模式，开始"非人情"的思考。守着"人情"到处都是艰难，那么有没有办法可以找到高于这个"人情"世界的所在，过一种离开"人情"的生活呢？

在"非人情"的思考上，艺术具备特殊意义。"人世不易"无法逃离，那么就接受生命短暂即逝的事实，不要避来避去应和"人情"，而是努力活得精彩。正是在这种态度中，诗人诞生了，画家的使命出现了。艺术家各尽其才使"人世"得以恬静、人们内心变得丰富，这是艺术家值得崇敬的理由。

在"人情"中流转，我们总是这里遇到困难就躲到相反不同的地方去，不断流转，以为能找到不困难的生活。然而事实上没有这种地方，你永远找不到。那怎么办？那你就不逃了，转过来面对困难，将困难化为让生命丰富的资源。

在这里，夏目漱石显然接受、承袭了西方浪漫主义对于艺术的看法。由夏目漱石以汉字定名的"浪漫"有两种意涵：一种是我们想象情人节两人共进烛光晚餐，或激情拥抱的那种"浪漫"，但还有另一种更庞大，即十九世纪席卷欧洲的集体思想与生命态度潮流，那是"浪漫主义"，其根本精神是要追求极端与超越。

浪漫主义的前提，是不接受任何现成认定的疆界，特别是感受与感情的疆界。浪漫主义要探求人的感官极限到底在哪里，不愿停留在"正常"的范围中，要去冒险试验"正常"以外的冲击。在"正常"之外，究竟藏着什么样的波涛汹涌，会带给我们什么样的激动与震撼？

从西方文学的浪漫主义看"非人情"生活

浪漫主义时代最具代表性的诗人，是济慈，是雪莱，是拜伦。

罗马有一个观光客必访的景点是"西班牙大台阶"，又高又宽的白色石阶在经典电影《罗马假日》中再抢眼不过。就在台阶下方，面朝台阶的右方，有一幢小屋，门口挂着小小的招牌，写着"Keats-Shelley Memorial House"（济慈-雪莱故居）。

这是英国诗人济慈去世的地方，他死在罗马，享年只有二十五岁。虽然这么年轻就死了，但他却已经写了好多首足以改变英国乃至欧洲流行诗风的经典作品，明确地改变了文学史的走向。而且他替自己想好了墓志铭："这里躺着一个将名字写在水上的人。"本意是表现人生如流水，流过去就流过去了，什么也留不下来；然而吊诡的是，不只是他的名字没有如流水逝去无踪地被彻底遗忘，就连这句墓志铭也攫取了一代又一代的文学心灵。

这间纪念馆又连上了另一位英国诗人雪莱，因为是雪莱先到了意大利，热情地召唤济慈一定要离开英国的现实生活，来体验罗马的古文明与异质感受。济慈来了，却受到肺病折磨，已经无法和雪莱一起游历了，没多久便死在罗马的这间小屋里。

济慈死后，雪莱写了一首悼亡诗，标题是《阿童尼》("Adonais")。不过雪莱自己也没有比济慈长寿多少，只活到二十九岁。雪莱在二十九岁时，为自己造了一艘小船，将船命名为"Don Juan"（唐璜）。这名字来自另一位诗人好友拜伦的长诗。一度这艘船被改名为"Ariel"（爱丽儿），那是莎士比亚诗剧《暴风雨》中精灵的名字，这只被魔法师普洛斯彼罗所驯服的精灵最大的本事就是呼风唤雨，创造足以造成船只倾覆的暴风雨。拜伦知道了很生气，硬是要雪莱将船的名字改回"Don Juan"。

雪莱搭乘这艘船出航，在离海岸不过才一英里[1]的地方沉船，溺死在海中。会发生这样的事，端倪已经显现在他将船改名为"Ariel"的事情上了吧！那一天，雪莱明知道会有暴风雨来袭，他是为了要在海上体会暴风雨的袭击而刻意出航。

1　1英里约为1.6公里。

这完全符合浪漫主义的原则：要去尝试，要去冒险，要去寻找非常的、别人没有体验过的极端感受，即使必须付出生命的代价亦在所不惜。

所有这些浪漫主义的艺术家：诗人、作家、画家、音乐家……他们都瞧不起一般世俗的规律规范。世俗或"正常生活"的特质就是"不浪漫""反浪漫"，将人关锁在固定的状态中，使得人的感官因为不断重复而麻木萎缩，再也不知道自己究竟能有多敏锐的知觉、多强烈的感情。

"不浪漫""反浪漫"的世俗将每个人都变得一样，于是你再也不知道自己到底是谁、是一个什么样的人。唯有离开世俗与"正常生活"，在浪漫的越界、破格的追求中，在非常的状况中，人才能有自我决定，才能发现自己、了解自己。

夏目漱石在欧洲受到了浪漫主义的洗礼，活在当时的那种时代气氛中，当他写下"非人情"这个词语时，他的意念已经包括了一些不在日本或中国文化涵盖范围内的成分。

"人情"就是正常，就是"非浪漫""反浪漫"。那么一个人如何能在"正常生活"中成为一位艺术家？或反过来问，艺术家会需要什么样的"非人情"生活？如何去寻找、如何去创造这样的"非人情"生活呢？

这是个大论题，而夏目漱石要用自我生命的体验，作为一个日本人的不同感受来重新探索、解释什么是艺术，什么是艺术家。用"人世不易"的感慨作为《草枕》开头，很快地，小说中就出现了诗：雪莱最有名的一首诗《致云雀》（"To a Skylark"）。

夏目漱石直接引用了五行诗，这五行诗揭露了探索"非人情"旅程的不同阶段。第一个阶段是：

> We look before and after,
>
> And pine for what is not
>
> （我们瞻前顾后，
>
> 为了"不是"自扰）

在时间之中，我们向前看未来，向后看过去；在空间中，我们眺望眼前，又转身回望后方。我们不安地一直寻找，因为我们要找的、值得我们逡巡寻觅的，就不是现实、不是"是"。"是"让我们不耐烦，更让我们不信任，有一股内在的冲动不断刺激我们去找那"不是"。

弘一法师人生最后的感言是"悲欣交集"，这是最宝贵的情感。不再分得清什么是悲、什么是喜，悲与喜紧密结合，成为统一的感受。只有当离开了世俗一般认定的"高兴就是高兴，欢乐就是欢乐，痛苦就是痛苦，失落就是失落"时，你才能成为一位艺术家。艺术的存在便是要给我们"悲欣交集"，要给我们呈现什么是"不是"。

接下来夏目漱石想：无论浪漫、无论恋爱有多么美好，孝顺如何高尚，忠君爱国又如何可贵，一旦卷入利害纷争的旋涡当中，一旦牵涉自身利害，就统统变质了，失去原有的价值。在自身利害中不会有诗。

必须要站在旁观者的立场来体会与思考，也就是离开了现实"人情"的羁绊，看戏才会有趣，读小说才会入迷。能够享受戏剧与小说的人，都是在观看、阅读时，将自身利害抛诸九霄云外。

所以真正的诗、好的诗，不应该是鼓励世间人情的，而是要能让人放弃俗念，用离开人群的心境咏出的。什么是"非人情"？其中一项特质是：里面有感情，甚至有深厚丰沛的感情，但那和个人没有切身的利害关系。

于是夏目漱石让书中叙述者引用了王维的诗句："独坐幽篁里，弹琴复长啸。深林人不知，明月来相照。"还有陶渊明的诗句："采菊东篱下，悠然见南山。"但他的重点不在解读这几句诗，或单纯用中国诗来解释"非人情"，而是作为转折，又联系到对于日本"能剧"的讨论。

从西方的雪莱，到中国的陶渊明、王维，再到日本传统戏剧，这不是炫学，而是要指出"非人情"与艺术之间的跨文化普遍关系。

第三章

开启"非人情"书写
　　——《草枕》

能剧与"疏离剧场"

《草枕》里的叙述者独白:这次出门,为了要有一趟"非人情"的旅行,打算"非人情"地看这个世界,和住在城市小巷里过那拘束的日子自然不同,虽不能全然摆脱"人情",但至少可以达到像看能剧一样的那种心境。能剧里面也有"人情",但那究竟是什么?那是情三分、义七分的东西。

对他来说,能剧最大的特色是将世间的人情疏离,在观看的时候产生和剧中人物遭遇、情感的一定距离。这是一九〇六年夏目漱石在小说中表达的意见,预示了三十年后,等到布莱希特的戏剧理论传到东方时,以"疏离剧场"来解释日本能剧的观点。

依照夏目漱石的解释,能剧没有要观众百分之百投入剧情、被剧情吸引并将自我投射在戏剧角色上。能剧一方面呈现了感情,另一方面又将感情高度艺术化,让观众觉得这不会是可能发生在自己身上、日常生活中的感情。

这和我们平常读小说、看电视电影的经验大不相同。我们太习惯跟随着剧情、跟随着主角变化情感,跟着开心跟着悲伤,而等到小说或戏结束了,情境消失了,我们也就很自然地退出来,回到现实里。

"疏离剧场"却是要观众一面介入,一面欣赏,保持相当程度的自我冷静态度。观众和戏剧中所发生的事是若即若离的，能够感应，却不是投入浸润，而是一直带着思考与评断的能力。《草枕》的叙述者要用这样一种如同能剧、如同"疏离剧场"般的方式，来进行旅行，并记录旅程。

暂且将旅程中会遇到的人与事都当作是能剧中的结构与表演，这就是"非人情"的具体落实方式：将路上遇到的人，无论是商人、书记，还是老爷爷、老奶奶，都视为"自然的点缀"，尽可以让自己不陷入直接利害、情感，保持第三者的眼光来走、来记录。

旅程开始了，事实上叙述者的思考是在路上产生的。然后天下起雨来，而且愈下愈大。雨中景物变得模糊迷离，人和大自然原本清楚的关系变得不确定了。走在雨中自然都变得如同梦境，弄不清楚是自己走路在动，还是风吹着大雨在动而自己是静止的。

他感觉像是有几条银箭射入了茫茫淡墨色的世界里。雨将大自然转化为水墨画了，色彩褪去，形状变得模糊难辨，自己则变成了水墨画中的形影。这时候，作为主体感受到的是雨，是自己在淋雨，快要全身湿透了，然而如果忘却抛弃这个"我"，转而将"我"的模样想象、看待成别人在水墨画中的客观模样，那么这不就成了可以拿来吟咏的对象，不就有了诗？

忘掉有形的"我"，以纯客观的角度看去，才能将"我"转化为画中人物，与自然景物保持完美的和谐。如果感受到雨落在身上又湿又冷的不舒服，诗意消失了，水墨画也一同消失了。

为什么要凸显"非人情"？为什么要隔离"人情"？因为体验自我，或以自我为中心体验外在世界时，不能成为一个艺术家。艺术的产生取决于有能力脱离开来，换一个客观的视角看到自己走在雨中的模样，那才有可能是诗、是画。用自己的感官体验淋雨、赶路，那是"人情"，不会有诗，不会有画，这就是"人情"与"非人情"的微妙差距。

山村茶店的老妪

在雨中走啊走，走到一家很平凡简陋的茶店，不过茶店的平凡简陋是叙事者不自觉地用习惯的"人情"判断产生的。当店主人老婆婆出现，为他将火弄大时，阵雨变小了，他的心境随之改变了："急不可待的山中风暴一下子吹散了踌躇的云雾，穿过前山的一角，忧郁的春日天空又放晴了。"老婆婆指着一个方向，让他在乍晴的光亮中看见了天狗岩，那是人人都会欣赏的自然景点，然而他的画家之眼、他的"非人情"实践，使得他有了很不一样的视觉感受：

> 我先是眺望着天狗岩，接下来又看看这个老婆婆，第

三次将两者一半一半地比较着看，这边是天狗岩，这边是那个老婆婆，作为画家的我，脑中只剩下老婆婆，以及芦雪曾经画过的山中女妖了。比起天狗岩来，那个伸着腰、举着手、指向远方、穿无袖衣服的老婆婆更适合这春山之路的景色。

在短短两段之间，叙述从"人情"的习惯视角立即转变为"非人情"的眼光。"人情"的视角就是一般观光客的视角，在巴黎的天际线处一定先看到埃菲尔铁塔，走在有云有雾的路上一定要找到天狗岩在哪里，看见天狗岩。然而叙事者摆脱了固定的"人情"眼光，忘掉了远目所投射的天狗岩，更广更深地体会了环境，包括当下的雨景，于是"非人情"地发现如此"春日之路"上，其实老婆婆的模样，更适合这个环境，比天狗岩更美、更值得看，也更值得入画。

在茶店和老婆婆聊了一会儿，又来了一个马夫，老婆婆和马夫回忆起志保田家的小姐出嫁时，竟然不是坐轿子，而是穿着正式的和服振袖[1]骑着马，经过了这家茶店，在前面的樱花树下停留休息，樱花纷纷落下，将她为了婚礼而梳的岛田高髻上布满了落花。听着他们的描述，画家在心中看见了这个迷人的画面，更开始了对这位小姐的好奇。

回忆的对话接着又转向这位小姐的不寻常遭遇。她出嫁后，

---

[1] 振袖：所有和服中最华丽的一种，特征是袖子非常长，多为年轻女子在正式场合穿着。

因为战争的缘故夫家没落了，小姐便离了婚回到志保田家。老婆婆形容："她很像长良少女。""长良少女"是什么啊？原来是这个村子里以前一个漂亮的姑娘，有两个男人同时爱上了她。姑娘很为难，不知道该接受哪一个男人的爱，于是她留下了一首歌之后，就投入深潭中自杀了。

老婆婆当场唱起这首哀怨之歌，歌词说："秋天来了，芒草花殇，结着露珠，露珠终究要消失，露珠，我的命如同露珠一般。"唱完了向画家建议，不妨前去拜访长良少女墓。

在此叙事者又得到了另一层"非人情"的领悟。在现实生活中，有多少不在我们"人情"有限预期中的人与事存在啊！怎么会想到在一个偏僻荒凉的破茶店里，"人情"反应中觉得厌恶、想闪避的地方，能听见老婆婆唱如此深情有味的歌，而且歌的背后，还有一个奇情的故事？在和"人情"龃龉不协调之处有所体验，能让我们接近艺术，成为不同的人。

体验与诉说

叙事者接着去了志保田家，又经历了一个奇妙的夜晚。入住志保田家的旅店，睡到半夜听见有人在唱歌，歌声很远，照理说听不清楚歌词在唱什么，但他一下子辨认出来了，竟然就是："秋天来了，芒草花殇，结着露珠，露珠终究要消失，露珠，我的命如同露珠一般……"

怎么会这样？白天才听过的歌，半夜鬼魅地又出现了，是有妖怪在作祟吗？然而抱持着"非人情"的态度，他的反应不是惊恐、害怕，而是让自己清醒，得以好好感受这奇遇。即便是在"人情"中反常因而引发恐惧的现象，只要脱离了自我，单纯面对，便能成为艺术的题材。

那么多艺术作品处理、呈现失恋时就是这个道理。"忘却失恋的痛苦，只是单纯地将那温柔之处、体贴之处、忧伤之处，或更进一步将那满溢了失恋的痛苦之外的，客观地呈现在眼前，就变成了文学和美术的材料。"

更进一步：

> 甘愿描绘不幸的轮廓，并乐于活在其中，和喜欢刻画乌有之山水、享受内心的天地，站在艺术的立场上，必须说两者是不分轩轾的。在这一点上，世界上许多艺术家在其作为艺术家的时候，比常人还要愚蠢、还要疯狂。他之所以愚蠢疯狂，是因为当他作为艺术家的那一刹那、那一瞬间，他是体会不到痛苦的。

然后他联系白天的路程、离开平常舒服的家而去体验"草枕"的道理：

就像我们的旅程，我们在那段旅程中，走得脚酸流汗，走不动，痛苦不堪，可是这件事情结束了之后，我们向人夸耀、向人诉说我们这一趟旅程的时候，却看不出有丝毫痛苦的模样。旅行的时候，我们是一种人情的心态，但是当我们讲述我们旅程的时候，是一种诗人的心态，这中间是不一样的，这中间是有矛盾的。

太精彩了！真正的旅行有两个不同的阶段：体验的阶段与整理吸收体验的阶段，两者是不一样的。前者忙碌不安，后者却必须沉静反思；前者必须以"人情"的态度来处理、解决各种问题、麻烦，从找路、订旅馆、买东西到拍照，但后者则是要排除了这些现实琐碎，经过"非人情"的主观遴选，将旅程讲述得有意义。两种态度甚至是矛盾的，如果旅程只有前者，那岂不是太无聊无趣了？

我们大部分人的观光旅行经验，停留在第一个阶段，缺少了第二个"诗"的、艺术的阶段。有相反极端的情况，是杨牧在《一首诗的完成》中《壮游》一篇里所说的：他第一次去巴黎时，进入了小旅馆，然后就不想出去了。他先在小旅馆记录到了巴黎这件事，"竟然能真正到了巴黎"的心情，那样一种高度惊奇与珍视的激动，在此刻，比巴黎的任何观光景点都更重要。"诗"的、艺术的第二阶段，在诗人杨牧的经验中，甚至超越了、压过了第一阶段，产生了这种奇特的逆反程序——先有主观体会，才去探望客观景物。

重点不在于你看到了、拍到了埃菲尔铁塔，而在于你如何对自己、对别人诉说埃菲尔铁塔。能够形成有意义的诉说吗？

被"人情"所遮蔽的美

小说到此说了很多关于艺术的内容，不过主要探讨的是态度，而不是作品。这仍然和西方浪漫主义的观念有着紧密呼应之处。

对于浪漫主义的诗人来说，浪漫的态度浸淫透满整个人生，作品不过是反映、显现那样的心情与感受的，没有人生态度的基础，不可能有合格杰出的浪漫主义作品。

我们的画家叙述者又发了一番关于艺术的议论。无论处理的是人事或自然，艺术家所做的，绝对不是一般人以为的"美化"，将画面处理得很美，将诗句经营得很美，那不是艺术真正要追求的。

他以英国画家透纳（J. M. W. Turner）为例——透纳是在描绘火车时，才意识到火车之美。在一般"人情"的日常眼光中，火车就是火车，必须要改变自己的眼睛，换上"非人情"的艺术之眼、浪漫之眼，你才能体会、认知火车之美，从内心欣赏、赞叹火车如此之美，才有可能画出那样的火车模样。缺乏那样的真心赞美,只是想要用一些笔触技法将火车"画得美美的",那种作品没有生命,也没有价值。

"灿烂的彩光早就已经光明正大地在现实世界里面实际存在,只因天花乱坠一意在眼之故,俗累羁绊,因为'人情'让我们看不到。"所以,艺术的作用是什么?在于摆脱了"人情",使我们看见本来就在那里却被忽略了的景象。日常中伦敦起雾,人们只觉得麻烦,觉得雾是遮障视线的阻碍,如此即使就生活在雾中,仍然不会看见雾。只有离开了"只关心雾中有什么"的眼光,才能看见雾,才会发现雾本身是如此之美,或者说,所有的一切加上了雾,这种情景是如此之美。

艺术家、画家不是去美化,甚至不是去创造美,而是去发现,去为一般人揭示被"人情"所遮蔽的美。

小说中放进了大量对于艺术的意见,不过《草枕》毕竟是小说,而且是成就斐然的小说,不是单纯假借小说形式的论文。就在长篇大论后,叙事者突然转过来自嘲。他骂自己:怎么会在如此奇特、恐怖的夜晚,最应该集中感受吸收"非人情"经验的时刻,自言自语大做文章呢?这岂不是浪费?而且,这岂不是又落入了另一种"人情"里?

这是小说,或说这是小说和论文截然不同之处。小说呈现的,是即使同一个人,都不会只有一种态度、只相信一份单纯明确的道理。人会动摇,会犹豫,会出现单人复声,会自我矛盾,会检讨自我矛盾却又仍然陷入矛盾。

于是明明嘲骂了自己怎么不停止思考、纯粹以感官好好体会如此时刻，我们的画家叙事者还是忍不住又发了另外一段议论。这次他的思考对象从西洋画转到了日本的俳句。

俳句是如此独特的日本文学形式，是全世界最简短、最严格的形式之一。一首俳句总共只有十七个音，而且必须按照"五七五"的三段分配，还一定要在其中嵌入"季语"，内容必须能显现特定的季节。

在夜晚听闻神秘歌声时，叙事者突然领悟俳句之重要就在于短瞬间便能完成。一个人在感受最强烈、最冲动的当下，立刻能完成十七音的俳句，留住那份感受。你不会在冲动的瞬间想：啊，我来写一篇两万字的小说吧！而一旦出现了要以当下冲动为内容来写俳句的想法时，你就和原本正在经历的情感产生了一份疏离。正在生气时，那愤怒是自己的，然而将这种心情化为十七音的作品之后，愤怒成了某种客观的事实，成了别人的。

你就是不可能一边保持自我强烈的冲动，一边还能够有办法写成一首俳句。开始洒落几滴眼泪，便以这哀伤泪意来写俳句，等写到十五音、十六音时，心情已经开朗起来了，至少夹杂了完成一首作品的喜悦成就感。

这又是艺术特别的作用。

无法被描述的容颜

这个旅行在外的"草枕"之夜还没有结束。在叙事者昏沉沉睡着后，却迷蒙意识到似乎有人进入他的房间，然后又出去了，而且直觉那是一个女人。

奇幻之夜后，第二天早晨，他醒来去浴室洗澡，第一次遇见这个女人，又有了另一个奇幻情况。他裸着身子出浴，女人竟然拿着他的浴袍，理所当然地等着伺候他穿上。他已经在破茶店里先听说过这个女人的身世故事了——那位出嫁后又离婚回家的志保田家小姐。

于是他用很特别的方式来描述这个女人：

> 从古至今，小说家极力描述故事里面主角的容貌，已经成为惯例，把所有这些拿来写女主角的话，全部加在一起，可能比《大藏经》还要长。现在这个女子站在距离我三步开外的地方，然后呢，带着一点点促狭的表情，斜眼打量着我狼狈的样态，要在这众多的描述当中找出最恰当的语词来形容她的话，我真不知道要花多少的力气才有办法写。我出生到现在三十年，从来没有看过那种模样。

已经预知了赤身裸体的男人乍遇女人必定会出现尴尬近乎狼狈的模样，于是好整以暇地带着捉弄之意等待着，这样的初遇情境真的太奇特了。我们可以体会他告白的难处，不过他真正要说的却是，这副无从描述的容貌反而更激发了艺术家找出方法来描述。

他绕从古希腊的雕像说起。依照美术史家的看法，贯串希腊雕像之美，最重要的一个观念是"端庄"。所谓"端庄"指的是人的活力在要动不动的那个特殊临界点上，在所有的情绪动机即将实现外显的瞬间。那个模样虽是静止的，却充满了暗示，同时也就充满了各种可能性，还没有动，却即将动，所以我们不会知道她将如何动。

充满可能性的暗示是最迷人的，在那动作发生前的瞬间。接着她可能会笑、会哭、会起身、会转头，将发而未发之际，那便是端庄。反转过来，从艺术的角度看，一旦形成了、确定了就没有那么美。"在还没有变成一或二或三之时，这是端庄的美，一旦变成了一二三，就把拖泥带水的丑陋给表现了出来。想要恢复本来的圆满之象，也就不可能了。因此呢，名为'动'的东西必然卑下。"

古来对于美人的形容大抵都可以归在动静这两个范畴之内。而他遇到的志保田家女儿却表现出尽管已经动了，却有着强烈自觉动机，要让自己回到未动之时的模样。那不是端庄之静，她已经带着动了之后"拖泥带水"的不完美，然而她却又仿佛本能地知觉，这种动了之后的模样是丑陋的，随时意欲将自己拉回去。

这是一张不统一的脸、动静之间游移矛盾的脸。

叙事者回到自己的房间,没多久又发生了一件有趣的事。一个女孩进来安排他用餐,他好奇地探问:"你们家的太太每天都做些什么事呢?"如此闲聊着,突然他们谈论的对象,像是刻意选好了时机般,出现在门外中庭里,而且随着他吃完饭,侍女收拾了东西出去关上了门,那女人又在眼前消失了。

一下子看得见,一下子又不见了,比一直能够看着在意识中留下了更深刻的印象,甚至不是印象,而是复杂的感触。于是他引用了英国浪漫诗人乔治·梅瑞狄斯的四行诗句:

Sadder than is the moon's lost light,

Lost ere the kindling of dawn,

To travelers journeying on,

The shutting of thy fair face from my sight.

(行人举头望明月,

未晓月明忽失色。

我今失却汝娇容,

心比行人更悲切。)

如何理解这四句诗?先假设一个情境,是现在的人很少有的经验:在夜里只凭着月光赶路。我们大部分的人其实都已经失去了真正的夜，因为我们的环境里不时充满了光，不曾"乘月而归"。"乘月而归"出于现实的需要，不是一件浪漫美好的事，必须依赖月光才能勉强看清楚前方的道路。对这样在深夜月下赶路的人，最麻烦甚至最痛苦、最危险的事，是黎明天光出现之前的时刻，月亮隐没不见了，那是"黎明前的黑暗"，真正的全然黑暗，因为原本依赖的一点点月光也没有了。

了解这样的情境后，才能明白诗句说的"sadder than"，有比月亮如此隐没更令人困扰、不安、痛苦的，是你美丽的脸在我眼前被遮蔽了。

一连串的不意事件使得叙事者对这位女子产生了无可遏抑的强烈好奇，在这样的状态下而有了他和这位女子的第一次对话，仍然带着不完全正常的意味。他躺在榻上，女子进来了，要他保持躺着说话。

和暖春日与理发匠

描述完了这段对话，小说转了一个场景。叙事者去剪头发、刮胡子，遇见了一个从东京来到偏僻小地方的理发匠，不只是技术很差，刮胡子时弄得他很痛，而且喜欢一边说些八卦俗话。

这个人信誓旦旦地告诉叙事者，志保田家的小姐绝对是个疯子。最主要的疯狂证据，是她自从离婚回来后经常去一座庙里找一位老和尚，然而却因此使得庙里的年轻和尚爱上了她。年轻和尚自我挣扎了很久，终于忍不住写了一封情书给她。收到情书，她竟然拿着那封信，大剌剌地直接去了庙里，跑到殿上搂着那个年轻和尚，对他说："我们就找个机会在佛前睡觉吧！"弄得那个年轻和尚"泰安君"仓皇失措。

泰安君怎么也意料不到自己的一封情书会惹来如此一番丑事，当天晚上消失，就这样死了。听到这里，叙事者和我们同等惊讶，赶忙追问一句："就死了？"他得到的回答是："我想应该是死了吧，不然，碰到这种事，还活得下去吗？"

不过小说中接下来记录的感受与反应，就和我们一般读者很不一样了。理发中的叙事者往窗外看，看到了春天的景色，却发现这个理发铺老板的人格、他说话的方式与内容，和春光如此格格不入，以至于听着这个人说话，都使自己的心灵产生了对于春光的抵制。

> 这个人和春天的自然如此不能相合并存。不过接下来，他心中的自然逐渐回来取得了应有的位子。就算这个老板是多么口齿伶俐的东京人，也抵不过这豪荡的天地大气象吧！

于是他领悟了，所谓"矛盾"是如冰与炭般不能相存，而且需要在力量、气势或体魄上程度相等的人与物作为主体。如果两者在力量、气势或体魄上相差悬殊,"矛盾"无法成立,终究会消失,带来的结果是比较小的会被吸收统纳,成为较大主体的一部分。

这本来是"矛盾"——一边是清朗的春天,一边是恶俗的理发铺老板。但才过了一下子,只要用心体会,两者的"矛盾"关系就改变了,恶俗的老板被纳入了无限的春光中。

> 我们的老板以无限的春色为背景,正演绎着、正上演着一种滑稽、一种好笑,这和暖春日的感觉本来应该要被他破坏掉,但却反过来,他把那种和暖春日的感觉用他自己的方式增添了不少。

这又是另一段、另一种"非人情"的探讨,分辨"人情"与"非人情"的差异,找出艺术的态度根源。改用这种方式看待之后,懂得放大自然去包纳改造恶俗的现实,会恍然感知,在庞大的春光背景中滑稽演出的老板,何尝不能以这种方式被成诗入画呢?

连这样都可以成就艺术,让我们对于艺术的形式与范畴有了新的认识。

画的三种层次

白天要过完了，对着黄昏夕阳，叙事者又有了一层关于艺术的体认。那是一种自觉身为艺术家的自豪：只有诗人和画家才能彻底在不同时刻萃取、领受这个世界的精华。关键在于他们不是单纯地欣赏夕阳，而是借创作的冲动与想象，与物同化，因而有了一份透彻。

和对象物同化时，失去了树立为"我"的余地，也就是去除了自我中心的立场，而蜕化为一个艺术家。那样的境界感觉不再局限于与某个特定的物同化，而是与所有的物之间的差距解消了，甚至物与物之间的轮廓也解消了。

透过和物的同化，这个世界中原本"人情"带来的各种刺激与骚扰都平息远去了，产生了"淡泊"的态度。语言中说"淡泊名利""过淡泊的生活"，然而真正的"淡泊"应该是难以捉摸、自己都弄不清楚的状态。进入这种状态，人和世界之间无从计较。"我"被消解在物之中，没有了"我"作为发动欲望的主体，弄不清楚要什么，便必然"淡泊"了。

德语现代诗人里尔克有一批特殊的作品，是"物之诗"，那不是单纯以人的角度去看待物的"咏物诗"，毋宁说是要描摹类似夏目漱石在这里所说的状态。人随时不断和物发生各种不同的关系，其中有一种最为真实也最为珍贵的关系，是物和"我"的界限被打破了，恍惚之间你似乎进入了物，和物浑然成为一体，你仿佛就是那只被关在动物园笼子里不断绕圈踱步的豹，离开自我，体会了豹的感受，于是这瞬间改变了你，也改变了你和其他物之间的关系。

对里尔克来说，这是诗人最了不起的体验，也是诗最大的作用。对于诗和艺术类似的理解，也反映在夏目漱石的作品中。

先是专注地彰显诗人、画家的态度，小说到此才转向作品。身为一个画家，如何选择、如何决定要画什么？他又陷入了另一段的沉思。画有三种，或三种层次：第一种是有物就成画，简单直接地将东西画出来；第二种是要让原本客观的物在画中呈现了主观的感情，即画家对画中现象所投注的感情；还有第三种，是用来呈现感情的物消散了，画中只剩下心境。

当然第三种画最难，必须要能够找到，也只能刻画和心境相合的对象。不是将主观情感投射到任意的对象、现象上而成画，倒过来，是为了画家的特殊心境而去寻找相应的画面。

提出这样的主张，小说就进入了另一个阶段。前面所描述的，是叙事者如何实践"非人情"的旅程，并对于艺术和艺术家的身份进行思考。到此他要转而设计作品，他知道自己要完成的是第三种、最高层次的作品，也就必须面对高难度的挑战。

首先是一组必然的矛盾。有了泯除物我界限，同时泯除物物界限的体会，才会进入这样的一种心境，那又如何找到一个特定的物、对象或现象来表现这番心境？在绝对认真的创作挣扎中，他并没有立即得到突破，而是因而了然了为何在人间会有音乐这样的艺术形式。

因为音乐是抽象的,里面没有现实的、具体的材料,反而才更能捕捉和表现那第三种既超越又混同的境界。这个想法也可以推广来解释,为什么会有非具象的艺术作品,包括抽象画。真的用"非人情"的方式来看待这个世界,离开了世俗的"人情"而得到的感动,必然和现实生活有一定的距离,也有不同的性质,那怎么能再走回头路,用具体、具象来表现呢?

在超越、迷离的感动中,只能选择抽象的材料来建构作品。

叙事者毕竟是个画家而不是音乐家,所以他必须继续寻觅可以显示心境的画面。一个特别的画面浮现出来,源自另一位英国浪漫主义诗人阿尔加侬·斯温伯恩(Algernon Swinburne)的作品。斯温伯恩的诗中曾经描述一个在水中即将沉没的女孩,一方面她感受到生命在消逝,然而另一方面水中的刺激,带来了从未有过,也不可能有过的快感。

于是他想到了要画一个在水中的女孩,以这个画面来表达自己的心境。

同期创作的《少爷》与《草枕》

为什么要特别仔细介绍、解读《草枕》?部分原因在于绝大部分的中文读者接触夏目漱石的作品时,即使是喜欢他作品的,也几乎都不会注意到、不曾读过这部小说,甚至没有听说过。

我们熟悉的,是夏目漱石早期的《我是猫》,或是他在日本知名度最高、最受欢迎,几乎每个高中生都要读的《少爷》(或译作《哥儿》)。《少爷》的风格和《草枕》形成了强烈的对比,小说由清楚强烈的事件带引,让读者很容易进入这位当老师的"少爷"遭遇的困扰。《少爷》中几乎都是事件与对话,没有太多沉思,更没有理论。

然而不应该被忽略的两件事实:第一,《少爷》和《草枕》几乎是同时创作的;第二,在创作过程中,夏目漱石经常同时推进一部以上的小说,因而这部小说中无法解决的问题,或是这部小说引动他另外想要追求的问题意识,经常就被放进另一部小说去处理。

读了如此不一样的《草枕》,再回头看《少爷》,会在我们以为适合高中生阅读的小说中,读出不该被错过的深藏意义。例如说,《少爷》的主角所有的困扰,都源自他是一个"せんせい"(老师),他如此不适应自己的"せんせい"身份。在夏目漱石的另一部经典作品《心》中,第一句话就是从"せんせい"开始的。

"せんせい"是"老师",然而在明治维新时代的日本社会,"せんせい"有远远超过我们今天说"老师"时的分量与复杂意思。夏目漱石深入这一日本文化的特殊人际关系,去凸显"人情"与"非人情"间的巨大冲突。

对照读《草枕》与《少爷》，可以看出另一层《少爷》的创作动机——在《少爷》中，夏目漱石试图去描绘一个抱持"非人情"态度的人，要如何在"人情"中过活。

夏目漱石选择了世俗眼光中"没有用的人"作为小说的主人公。在家人的心目中，他哥哥是有用之人，他则是无用之人，两者最大的差别是，想在社会中"有用"，就必须通晓人情，具备世故的一面。

《少爷》延续《草枕》的艺术精神，在书中穿插一个伏笔——主人公身为家中最无用的孩子，无论能力、学业都比不上他的兄长，但家中老仆阿清却最疼爱他、看重他。父母亲和街坊邻居都嫌弃他是横行霸道的"牛魔王"时，唯独阿清看出他的价值，夸赞他"秉性好，为人正直"。透过老婆子阿清那一双素朴的眼睛，看到的是他"非人情"的价值。

小说关键之处，在于巧妙安排了如此轻蔑世故的人成为中学老师。《少爷》的主角有别于《草枕》中的艺术家，他的"非人情"态度不是源自艺术涵养，而是直觉地意识到自己内在有一股难以抑制的骚动，使他无法忍受依循"人情"去过日子。他的性格和他的职业形成巨大的反差，因为老师应该是"人情"的守护者、传递者。

他无法压抑自己"非人情"的性格。他必须周旋在"人情"间，不停猜测、探测谁的立场跟我是一致的，我们是同一世界的人，或者哪些人非我族类。相较之下，《草枕》中的画家是幸运的，在"非人情"的旅途中，他遇到了比自己更戏剧化的"非人情"人物——那美小姐、大彻和尚。小说《少爷》提醒了活在现实世界里具备"非人情"个性的人，其最棘手的难题在于：如何辨识同伴。这个难题，夏目漱石在后期的《心》中，又重述、探索了一次。

《心》这本小说名字的含义，就在于体会、认清了一项事实——人不会"wear heart on the sleeve"[1]。尤其是"人情"世界里，人们会尽量不让感情外露，不会随便将心事挂在脸上。于是在"人情"中，我们无法得知人心里真正藏着什么，无法观看人心。"人情"阻碍我们去理解人心，"人情"以一层又一层的障蔽阻碍你去看见人的真心，也让人不知不觉习惯了不以自己的心来感受世界。

在夏目漱石十几年的创作生涯中，他一直不断纠结于"非人情"的可能性，不相信流行的自然主义小说可以解决这个问题。甚至可以说，他反对自然主义小说的最大原因，就是他深深相信人有选择的自由和潜能，绝对不是如自然主义小说中主张的，人的命运是由遗传和环境两大因素所决定的。

人可以选择依照"人情"来生活，或是寻找用"非人情"的方式来安身。夏目漱石无法接受自然主义否定这项最基本自由的可能性。人有自主的选择权，至少可以选择去过和旁人不

1　wear heart on the sleeve：把心别在袖子上，意指流露感情。

一样的生活,这正是许多人活着的根本动力——至少夏目漱石如此主张、如此坚信着。

村上春树谈夏目漱石

村上春树的《我的职业是小说家》第九章,标题是《该让什么样的人物登场?》,其中提到了夏目漱石:

> 以日本小说来说,夏目漱石小说中出现的人物真是色彩丰富又有魅力,即使只是露一下脸的小角色也都非常生动,具有独特的存在感,这些人的一言一行,做出来的一个动作、一个表情都会不可思议地留在心中。读漱石的小说,我经常感到很佩服,书中几乎不曾出现一个像是"这里需要出现这样一个人,所以暂且让他出来一下"之类的凑合的人,不是用头脑考虑所写的小说,而是实实在在、用身体感受的小说,一句句都好像是"自掏腰包"、亲身体验过的。这种小说,读着就让人非常幸福,可以安心地读。

这是非常高的评价,不只是来自一位毕生认真创作小说、思考小说,以"职业小说家"自视自傲的作家,村上春树的小说风格养成与品味来历,都是西式的,他对于日本自身的小说，传统的或现代的，一般极少着墨，更少如此明白称赞。

借由村上春树的提醒，即使是《草枕》这样一部相对较短也较少受到重视的早期作品，都有着值得反复探索的精细、绵密的创作手法。夏目漱石动用了极其特别的布局，让志保田那美这个角色出场。

在小说中，志保田那美第一次出现是在传言里，我们和叙事者"我"一起旁听了茶店老婆婆和马夫源兵卫的对话。两人回忆了她出嫁时的非常景象：春天时分骑着马，在樱树下休息，让樱花落了满头。我们先对这个女人产生了鲜明的视觉印象。

然后印象扩展出去，从视觉转向传奇，或说由带有传奇性的画面转向传奇性的故事。志保田那美的形象，在老婆婆口中和长良少女——一个被两个男人爱着，无法决定取舍，便宁可一死了之的刚烈女子并合在一起了，同时也就增添了我们心中对那美容貌的想象，除了前面落花满头的瞬间之美外，她长得像被两个男人死心塌地爱着的长良少女，必然也是迷人有致的。

这个叙述者"我"的出场也很特别，他以独白方式告诉我们，他是为了追寻"非人情"的生活所以踏上这样一趟"草枕"旅程，在陌生的地方，他就遇到了一个"非人情"的画面与"非人情"的故事，指向这么一位女子。

然后到了夜里，我们随着画家第一次"遇到"了这位女子。但那也仍然不是一般意义上的"遇到"，那只是神秘魔幻的歌声，正巧合地唱着相传长良少女所遗留下来的歌。白天才第一次从老婆婆那里知道了这首歌,怎么在似梦非梦的情境里,空中会传来鬼魅的歌声?

这一次,读者和叙事者"我"并没有更接近志保田那美,听到了声音,但也只能从白天听到这首歌的经验推想:会不会就是那美在唱歌呢?仍然是介于真实与猜想间的迷茫存在。

再下面,真实多了一点,但也还只是一点。

> 我在寤寐的境界里逍遥自在,入口的隔扇门被唰的一声拉开了,门开处忽然出现女子身影,似真似幻。我毫无惊惧之感,只是愉悦地痴痴凝望着那影子,说是痴痴凝望未免有些过火,幻影女子毫无意识地溜进了我闭着的眼帘里,那幻影徐徐进入屋内,犹如仙子凌波,榻榻米上并没有发出像人一般的声响。因为是闭着眼睛来看这个世间,所以虽不是十分明确地知道,可是觉得仿佛有一个肤色白、秀发浓密、后颈修长的女子进来,在灯影下看得如晕影相片一般。幻影在壁柜前停了下来,壁柜门开了,雪白的腕子自衣袖中滑出,在黑暗中若隐若现。

发生在似梦似醒之际,有这么一个"幻影女子"闯了进来,他甚至不能确定自己是睁开眼睛看见了,还是在恍惚间脑中想象浮现了白色皮肤、浓密秀发和修长后颈的模样。

已经第三次了,这位女子仍然不是具体的人。

幻影女子的奇袭——志保田那美

然后从第四次开始，形成了明确的模式——这个女子总是在不经意间出现，引发惊奇之感。

这次叙事者完全被动，遭到了奇袭。在出浴后赤身裸体、因为没有衣着而格外脆弱无防时，具体的人，肉体的、真实的人，让人不容怀疑却又无法相信地拿着他的浴袍出现了，等在那里要帮他穿上浴衣。他当然不可能拒绝，被动接受，而且是彻底地被动，任她穿衣。

她的真实面貌显现了，却选择在叙事者心神难宁的情境下显现，等到穿好衣服稍微可以宁定时，她立即消失了。

再接下来，叙事者"我"在房中用完餐，侍女收拾了餐盘要退出去，拉开门的瞬间，隔着中庭的树木，对面的二楼栏杆上，出现了梳着正式发髻的女子，乍看下的形象引发的联想是手握杨枝的观音，眼光朝下凝望。

和早晨不怀好意的促狭表情很不一样，这时候的女子极其安静，使得"我"惊讶于一个人的容貌可以有那么大的差异变化。瞬息间，依循女子的眼光，"我"发现她正追视着一对蝴蝶时合时分的飞翔，被底下对面房门推开的声音惊扰了，于是：

随着拉开门的声音，女子猝然将目光从蝴蝶身上转移到我这里，如一根箭一般，贯穿空气，毫无预兆地射中我的眉间。所以那个女孩一闪,看了她一眼,接下来在我吃惊的瞬间,这个小女佣又砰的一声,把拉门关上了,之后整个房内只剩下悠闲至极的春天。

日文原文有中文翻译难以准确译出的一层细腻之处。夏目漱石用句法时态创造了一种暧昧知觉,表示当下其实他只看到了那美的眼光朝下,后来才重建推想她应该是在看庭中的双飞蝶。真正发生的事是门一打开,那美被声音吸引,立即看过来,就将视线箭一般地刚刚好射向了叙事者"我",而且是准确地射在两眉之间,但连意识都还来不及有任何反应,收拾中的侍女又将门拉上了。

留下那个瞬间的画面,动静之间的画面。叙事者"我"反复琢磨那留在心影上的画面,才重建出原来那美在看蝴蝶的认知。

这是极其特殊的日本时间美学的展现。一个饱满的瞬间往往含藏了许多信息,不是当下的感官能够掌握消化的,俳句、和歌都有捕捉并咀嚼、探索这种饱满瞬间的作用。

然后再穿插理发匠谈论那美,带来的新的惊讶。原来那美曾经夸张地刻意作弄庙里的和尚泰安君,以至于把人家害死了!不过随即来了一个小和尚,从小和尚和理发匠的对话中知道,泰安君自杀的说法不是事实,他应该只是在受到震撼之后离开了原来的寺庙。

不过,理发匠斩钉截铁的说法在叙事者"我"和读者的心中留下了深刻印象——那美是个疯子，而且他们家每一代都出疯子。

长良少女之歌

终于，叙事者"我"有机会和那美正式见面说了话。

他们的话题是长良少女。那美所说的为叙事者解了部分的疑惑。半路上碰到的茶店老婆婆原来曾经在志保田家服务过，听那美反复对她说过很多次长良少女的故事，才会顺口就唱出了"长良少女之歌"。

那美也证实了那天晚上的歌不是鬼唱的，就是她唱的。接下来的对话转向如何处理长良少女的爱情困境，如果是那美会怎么做呢？

那美的回答让叙事者"我"吓了一跳。她说："太容易了！将两个男人都收为男妾，不就没事了吗？"叙事者当然没有想过这样的解决方式，那在社会"人情"中别说是不能接受的，甚至是连想象都无法想象的关系。

从容貌到行为，此刻到她的想法与语言，那美总是在人们的预期之外。因而她每次出现都挑战了"人情"的规范，开拓了"非人情"的可能性。她就是"非人情"的存在。

这段对话之后，在思考艺术表现的过程中，叙事者"我"

有了写诗的强烈动机，他沉吟着陷入诗的创作心情里。将原来写的诗句从头吟咏，自己觉得有些趣味，那是在刚刚如同出神般的状态中写下来的，因而似乎又有点太直觉了。如此思考着诗作，无意识地看着门口的方向，突然门被拉开了三尺来宽，女子的身形隐在拉开的隔扇门阴影里。

叙事者"我"将诗丢在一旁，看到那美从门口离开了，没有多久却又出现在反方向的另外一边。那美身穿华丽的振袖，光艳而悄无声息地向对面二楼前廊走去。接着，叙事者"我"透过拉开三尺的门隙，看到那美在二楼上不停走来走去，目不斜视，而且默不出声。

> 她走路很安静，甚至没有发出裙摆擦过走廊地板的声音。她腰部以下的裙子异常夺目，因为相隔太远，我看不清裙子上面染的花色，只是底色跟花色相接之处被自然晕染出来，好像黑夜与白昼交替的情境，女人本来就出没于昼夜交替之间。她这样穿着长长的振袖和服在走廊上来了又去，反复不知几回，令我很是不解。

我们也不解，为了什么场合需要穿起如此正式、非日常的盛装呢？又为什么要那样反复走来走去，显然没有要走到哪里？使得叙事者"我"更加惊讶的是，她的神情端庄肃静，在门口忽隐忽现——忽而闪现，忽而消失，产生了一种强烈的仪式感。

于是这样的想法浮上了心头:这会是配合必然要消失的春天而进行的一场庄重的送别仪式吗?但若是如此,她脸上为何却又带着一副冷漠、让人感到似乎漠不关心的态度?既然漠不关心,又怎么会打扮得那么华美艳丽?她身上的美艳和那样无意识走来走去的姿态,形成了强烈的矛盾对比。

如同在梦游般,进一步,每一次她的形影出现在门打开的三尺空间中,都激起了叙事者"我"强烈的冲动,想要去叫醒她。但又因为那景致如此奇特、如此之美,震慑了他,让他叫不出声音来,只能在她消失时决心下一次一定要叫她,如此不断来回。

又一次下定决心时,天空落下了雨丝,将女子的身影遮住,然后这一景消失不见了。

这名女子再度以奇遇、神秘的形式出现,每次出现的方式都不一样,都给叙事者"我"和读者留下令人惊讶的深刻印象。

画家之眼与欲望之眼

下一幕中,夏目漱石又让那美出现在浴室里。叙事者"我"

去洗澡,在浴池里有了浮想联翩,在脑中进行着他的艺术探索。阿尔加侬·斯温伯恩的诗引他想画一个女孩死在水中的模样,而正如此想着时,楼梯上出现了模糊的形影。

广阔的浴室里只有那一盏挂着的洋灯照明而已,隔着这种距离,就算是在空气清透澄澈之际,要想辨识清楚也很难,更何况这里有着蒸腾的热气。被浓浓的水雾阻隔,浴室里无法确定站在那里的究竟是谁。因为不知是男是女,所以我无法上前打招呼。

那个黑色的人影往下挪了一步,所踏的石头因为他的脚步,看起来简直像天鹅绒一样柔软。如果用足音、用他的脚步声来判断的话,动跟没动几乎没有任何的差别。因为我是个画家,对于人体的骨骼在视觉上格外敏感,在不确定对方到底是动了还是没动的那一瞬间,我已经意识到我是和一名女子共处在一间浴室里。

她注意到了我还是没注意呢?正当我漂在水中、胡思乱想的时候,女子的身影已经毫无遮拦地出现在我的眼前。充满了水蒸气的温泉浴室中,每一个水分子都饱含着柔和的光线,看似薄红(因为灯光的关系,有一种薄薄的红色的温暖触感),荡漾的黑发如流动的云彩。当看到女子完全伸展开身姿的时候,礼仪、礼法、风纪统统都被我抛到九霄云外,我想我找到了最美丽的绘画题材。

这一次，那美的裸体出现在他眼前，像是特别应和他以画家之眼构想的心境画面，从似幻似真的水雾之中迷离显现。

那是和日常一般所意识的女性裸体很不一样的景象。热气淹没了浴室，不断地往上蒸腾，春夜的灯光朦胧扩散开来，室内像是一片霓虹的效果，女体在浓雾当中摇摆着，模糊显示乌黑的秀发、氤氲中雪白的身姿，如同逐渐从云雾当中浮现出来，带着一种神话般的迷蒙。

女体愈来愈靠近，轮廓愈来愈清楚，他意识到："啊，再往前迈一步，好不容易出现的嫦娥便要堕入凡尘间了。"也就是水雾阻隔所造成的效果快要被近距离破坏了。再靠近一点，她就要变成一个纯粹的肉体，带上了所有会惹起男人欲望的性质。

他意识到这中间的分界。在一边，他以一个艺术家、画家的眼睛看那具迷蒙的女性裸体；在分界的另一边，当裸体清楚到一定程度，就会无可避免地转换成一个男人的眼睛，带着肉欲的眼睛。

而就在他如此想着，自己也弄不清楚是担心还是期待女体更靠近、更清楚时，在室内灯光照射下，闪现出那头如同铺了一层绿色的长长黑发，突然掀起风并让浴池的水因而有了波浪。那是因为那女人急急转过身去，化成一道白色的影子跑走了。

是因为意识到池中有男人，所以害羞地赶紧离开吗？不是。因为她一边离开一边大笑，笑声离浴室愈来愈远。

以自由的方式阅读小说

那美的姿影、独特的美貌与个性贯串整本小说,然而认真检验,她却很少以"正常"的面貌、以和叙事者"我"互动或对话的方式出现。

接下来,那美再次成为别人谈话的题材。谈话的人是画家、那美的父亲和寺庙里的大和尚。大和尚说:"那美小姐很会走路。"大和尚前几天到比较远的地方去做法事,到了"姿见桥"时看到一个眼熟的身影,但对方穿着草鞋,掖起了后面的衣摆,衣着草率不拘。那个人突然对大和尚说:"你在这儿磨蹭什么?要去哪儿?"他才吓了一跳,认出来是那美小姐。

不只是叙事者,大家遇见那美的标准反应都是吓了一跳!大和尚忍不住问她,为什么打扮成这个模样?她的回答是因为要下水去摘水芹,然后就将一把满是泥巴的水芹往大和尚的袖子里塞,让大和尚又吓了一跳。

再下一段,终于有两人面对面的场景。那美又跑到叙事者"我"的房间里来,他正在读小说,两个人有了关于小说的往来讨论。

他对那美说:因为自己是个画家,用画家的态度读小说,所以没有必要从头读到尾,无论怎么读、从哪里开始读起,都能感受到趣味。

其实这也是"非人情"追求的延伸。不落入小说情节固定的先后顺序里,而将小说的片片段段都视为独立,因而取得阅读中的一份自由,自己去体会、去建构文本的意义,不需要必然接受作者的安排。

关键在于"趣味",那才是人生中最重要的。顺着这样的主张,叙事者接着不无挑逗意味地说:"和你说话也觉得很有趣,在此间居留的时刻,希望每天都能和你聊聊,如果你愿意的话,我可以 adore you。"他故意用了英语,来避免用日语说"爱你"时可能会带来的尴尬。不过英文里的"adore"除了"爱"之外,还有恋慕乃至崇拜的意思,是一种将自己置放在较低地位向上仰视的姿态。

但他又强调:这样的爱,也是独立的,不应该成为"两人要结为夫妻"的故事的一部分,就像读小说没有必要从头读到尾一样。

那美于是半开玩笑地问:所以画家爱慕人的方式,是冷酷不求结果的吗?画家却很认真地回答:"那不是冷酷无情,而是'非人情'的方式,就像我采取了'非人情'的态度来读小说,所以不重视、不在意情节。"

我们应该体会到,这段话也是夏目漱石对于小说写作的告白。他处在一个混乱的创作环境中,日本文坛有着传统物语和西方新小说的彼此冲激,还有自然主义和浪漫主义的对峙,但夏目漱石早早就确定了自己站的是现代小说的立场。

借由叙事者"我"之口,他提出了对当时小说的严厉批判:

"普通的小说都是侦探发明的,因为没有'非人情'的地方,所以一点意思也没有。"指的是一般的小说都有头有尾,有严谨的因果逻辑,形成了对于人的推理、推论。然而从艺术的角度看,这多么无聊啊,为什么要将原本是艺术形式的小说弄成科学呢?为什么逼小说去承担推理的功能?

所谓"非人情",因而也就必然有着一部分逻辑之外、道理之外的自由性质。

对话的竞赛

顺应叙事者的说法,那美要求他将手中的小说随意翻开、随意念给她听。他正在读的是英文小说,于是增添了一份自由,因为他一边念,一边不精确地进行翻译。

过程中,两人的对话引向了前一天那美穿盛装振袖和服在二楼走来走去的事。那美的反应是撒娇地问他:"你打算给我什么样的奖赏呢?"画家不解。那美就明说:"那是因为你想看,所以特别穿了给你看的啊!"

那美竟然是特别为了他而穿的?缘由是那美遇到了茶店的老婆婆,后者转述说有一个到店里的画家感叹:"啊,如果可以亲眼看见一个新娘骑在马上,在前面树下休息的模样,该有多好啊!"她意识到那个画家现在就住在那里,所以特别费心穿上了新娘礼服，刻意开了画家房间的门，让他能如愿以偿。

知道了此事的来龙去脉，画家又吓了一跳，一时没有了主张，不知道该说什么才好。抓住他愣住的瞬间，那美故意叹气说："唉，这么健忘的人，对他再好，都是枉然啊！"

夏目漱石喜欢将男女对话比作竞赛或战争，有赢有输。此时叙事者"我"显然一败涂地了，如果完全没反击恐怕就无法在那美面前翻身了。他想了一下，问："昨晚在浴室里也是你的一番好意吗？"这一方面表示他绝对不是一个健忘的人，清楚记得在浴室中发生的事，另一方面也提示着在那里，那美展示了她的裸体……

那美沉默着没有反应，画家乘胜追击，又说："在下实在感激不尽，告诉我该如何谢你吧！"这次那美有反应了，若无其事地看着他房里的一块匾额，上面是大和尚写的字，她大声地将字念出来："竹影拂阶尘不动。"然后才假装自己刚刚注意力都被这几个字吸引了，回头问画家："你刚刚说了什么呢？"

将球丢回给画家。如果坚持再说一次影射裸体的话，那就失去情趣了，他必须配合，让那美得以离开尴尬的状况，附和那美提供的新话题。他告诉那美之前遇到了大和尚，然后又说到大和尚所在的庙里有一座"镜池"，想去看看池面平静如镜的美景。

那美轻描淡写地说："你就去吧。"画家进一步问："那是一个画画的好地方吗？"没想到引出了下一句又让他大为吃惊的预期之外的回答:"那是一个投水自尽的好地方啊!"

画家说:"我活得好好的,可没有要投水的打算啊!"那美却说:"但说不定我会考虑啊!"画家觉得这个玩笑有点过头了,抬头看那美,意外地发现她的脸色极其认真。然后那美又说了一句几乎让他惊慌失措的话:

"我投河时漂在水面上的样子,不带有丝毫的痛苦,而是安详平静地漂往另一个世界,请您将我这个样子画成一幅美丽的画吧。"

这不就是他之前在浴池里动的念头吗?那美怎么会知道?他愣住了,那美又占了上风,不无得意地说:"啊,你吓到了,你吓到了,你吓到了!"随即站起身来,一下子三步跨到房门口,回过头来嫣然一笑。

镜池中漂浮的美女

那美令人难忘,因为夏目漱石仔细安排了她在小说中每一次出场时的模样、动作与语言,而且让前后的场面彼此连贯,有虚有实却能互相呼应。

下一段叙事者"我"去到了前面所提到的镜池,无可避免地在眼前浮现一位美女漂在水面的画面,陷入该如何作画呈现的思考。他遇到了百思不解的根本问题:美女的脸上该有什么近胸膛部位时，倏忽一闪，啪的一声，不见了。她的左手握着长九寸五分的木刀鞘，她一晃身，身子忽然隐入拉门的影子之中。我怀着一种大清早就开始窥视歌舞伎表演的心情，出了宅邸。

以个画面，应该出现在歌舞伎的舞台上，而不是现实中吧！怎么会一人清早怀抱着一把刀？叙事者因而对于那美的特质有了另一层的体会：她应该可以成为舞台上的明星吧！别的演员是上了台一本正经地努力演戏，那美小姐却是平日便时常活在戏剧性中，自然而然毫不费力地演戏。

他因而得到了在绘画中加入戏剧性的众多启发。要成为一个画家，重要条件是懂得看待任何事物时，去探索、挖掘其内在的张力，将内在可能的、想象的戏剧性呈现出来，那才会是好的艺术作品。

这天的下午时分，他闲散地躺在草地上，意外地目睹了一场人间戏剧。应该这样说吧，早上体会的道理，此时引导他用一种画家探索事物内在戏剧性的方式来看待发生在身边的现象。

他又看到了那美小姐，回想早上她怀抱短刀的模样，产生了戏剧性的战栗想象。难道她要带着刀来这里见谁吗？那美小姐的对面，是一个男人，两人之间似乎静止着没有动作。过了一会儿，那男人垂下头，女人则面朝山的方向，似乎是听见了山上有黄莺在叫。

> 然后那个男人毅然抬起头来,挪动脚后跟,而女人突然舒展身体,转向大海,她的腰间有像短剑一般的东西露了出来。男人开步走,女人紧跟了两步,她穿的草鞋几乎要贴上男人的脚后跟,男人停了下来,是被女人叫住了吗?而就在男人回头的瞬间,女人的右手伸进了腰带里,啊,危险哪……

叙事者"我"以为她要拔出刀来,但事实上她从怀中拿出了一个绑着带子的包裹。远看白皙到仿佛发亮的手,下面是包裹的带子随风摇曳,那美单脚向前,上身微微后仰,雪白的手上拿着紫色的小包,在两三寸的紧密距离间,男人回过头来,那一刹那展现了两个人不即不离的状态,像是女人向前拉着男人,男人被向后拉,但又并没有那实际拉住两人的联系,只是他们姿态互动产生的错觉。

又是在瞬间,叙事者"我"换上了画家的眼光,看见了这个画面内在的戏剧性。不是他刚刚以为女人要持刀刺杀男人的那种歌舞伎舞台式的戏剧性,而是内在于两人的互动姿态画面,也就是能够呈现在静态画纸上的另一种戏剧性。

一种神秘的动与静之间的暧昧暗示,一个凝缩、凝固的场景,说不清楚被固定下来的物与物,或人与人,或人与环境的关系是什么，但观者会直觉感受到其中的动能与力量。

现实中，时间不会停留。接着男人伸手将紫色小包接了过去，因为紫色小包而存在的、两个人之间的戏剧性张力就被打破了。

原来那个男人是那美的前夫，而那美拿着刀并不是要刺杀谁，是因为表弟将从军出征，她爸爸要把刀当作纪念品送给表弟。

小说结尾的场景是送行。一行人包括那美、那美的父亲、大和尚、要去从军的表弟，和叙事者"我"，先搭了船，然后到了火车站。送行中，那美又表现了"非人情"的个性，未到火车站时她对表弟说了一次，到火车站时她又说了一次："请去送死吧！从军如果没有死，那也太丢脸了！"

这就扣回了画家之前感受到的遗憾，以及暗暗的期待：那美没有"悲伤"的表情，她没有办法"悲伤"。即使是这样的场景，她的反应仍然不是"悲伤"。

载着表弟的火车开动了，叙事者"我"陷入一段关于因缘的思考，自己和这个表弟久一君因缘相聚，但因缘起时也是灭时，它立即结束了。恍惚间，一等车厢在眼前驶过了，后面是二等车厢、三等车厢，突然从车窗上看到一张脸，是那美的前夫——满脸胡子，邋遢、落魄，却带着深深依恋的神情探出头来。

月台上的那美和前夫的目光不期而遇，四目相对，火车哐当哐当继续运转，前夫的脸很快消失了，那美小姐茫然目送着前进中的火车，那茫然中竟带着我从未见过的怜悯之情，就是这样。就是这样，有了这表情，便可入画了。我一边拍着那美小姐的肩膀，一边小声说着：我心中的画面就在这瞬间实现了。

小说如此结束了。

虽然有场景、有情节，不过很明显，《草枕》要写的是一位艺术家的自我追求。从"人情"的角度来看，那美小姐像是女主角，和叙事者"我"之间像是有着一份初初萌芽的爱情关系，但夏目漱石没有要写爱情小说，我们不需要关心探问他们两人的爱情会如何发展，小说结束在画家得到他艺术思考与艺术追求上灵光闪现的答案时，解决了小说在思想上的悬念，那就够了。

禅修与艺术的境界

读漱石的小说，我经常感到很佩服，书中几乎不曾出现一个像是"这里需要出现这样一个人，所以暂且让他出来一下"之类的凑合的人，不是用头脑考虑所写的小说，而是实实在在、用身体感受的小说。

让我们再看一次村上春树的评论，然后请大家回头读《草枕》时也注意一下上场的各个配角。即使是理发匠和小和尚，两人在同一个段落出现时，也都有着非常明确的个性，绝对不是凑合着写的。

特别值得讨论的配角是大和尚。叙事者"我"在出发时是一个不知道该画什么的画家，在寻找着能符合他的"非人情"价值观、放到画面中的题材，小说结束时，他找到了，那就是浮在水面、介于生死之间、脸上有着悲伤表情的美女。然而真正重要的，不是找到的答案，而是寻找、探索的过程改变了他对于"非人情"的认识与理解。

"非人情"必须有真实性，不能停留在观念、想法上。他的困惑得以解决，是因为有了像那美小姐这样切身实践"非人情"的人。于是对于艺术家与作品关系的理解也改变了，并不是作品决定了一个人是艺术家，不，反过来，一个人应该先实践"非人情"的艺术家生活，才有可能创作出像样、合格的艺术作品。甚至可以进一步说，像那美小姐那样的人，没有创作出任何艺术作品，但她却是一个不断在生活中自我戏剧化的不折不扣的艺术家。

而使得他有这样关键转折领悟的事，就发生在他去找大和尚聊天的那个月夜。大和尚缺乏画画的技巧，画的东西很笨拙，然而他在画家面前显现了一种内外通透的人格。所有的事物、意念直接通过他，直来直往，是什么就表现出什么，完全不因"人情"阻隔、停留、改造。

两人聊天时讲到了"禅修"，大和尚说："我的老师告诉我真正修行到家时，要去东京的日本桥。"日本桥是日本现代化的重要代表，是日本现代公路的起点，在那边有一尊"麒麟之翼"的雕像，也是东京最热闹、最多车辆与人来来往往的地方。

修行修到家，意味着在日本桥不只能够将衣服脱掉，甚至能够将身体表面都脱掉，让自己的五脏六腑都透明呈现，不会有任何羞愧之感；意味着将障蔽自己、让自己被隔绝在众人眼光之外的一切都排除掉，你仍然可以充分自在。

这本来是在形容禅修的终极境界，却引发了叙事者"我"从艺术思考而来的强烈反应。他觉得："啊，作为一个艺术家，有着对艺术的终极至高态度，我也做得到！"

艺术同样使人自由。和大和尚谈话给了他如此的启发。在那个月夜，他从另外一番对话中得到的领悟是，他意识到自己追求错了，问错了问题。之前一直困惑于要画什么、该画什么，这不是真正艺术家的态度。一位艺术家的关键性质在于你拥有什么样的人格、具备什么样的眼睛、过什么样的生活；不在于你创造了什么样的作品。或说作品是第二位的，是衍生的，是自然地从你的人格、生活与眼光中形成的。不能本末倒置，硬是要去想作品、追求作品的题材。

艺术家的资格不存在于你交付给这个世界的，反而在于你从这个世界里选择了什么进入自己的生命，成为滋养，以及你如何和这个社会互动，也就是如何超越一般的"人情"，改以"非人情"来看待社会，因而得到不一样、更深刻的理解。

艺术家是看透了"人情"而得以摆脱"人情"的人，他不是"反人情"，故意要做出惊世骇俗的行为，而是懂得了、找到了回归"人情"之前更自然的"非人情"状态的方式。

"非人情"的重点，在于"非"字，也就是在于要如何摆脱"人情"，如何天真地和这个世间、这个世界相处。

在夏目漱石的另一部小说《虞美人草》中，开场没多久，就出现了一段甲野和宗近的对话，听起来有点像在开玩笑，但其中讨论到"第一义"的部分却是贯串整部小说的关键，也是从《草枕》到《虞美人草》的重要联结。

什么是"第一义"？在佛教、佛经的传统里，"第一义"指的是"佛陀所说义"，也就是直接由佛陀口中说出之法。佛陀鼓励听到他说法的人向其他人转述，如此而促成了佛教教义的快速扩散流传。然而转述必定会产生误差，转述过程中也一定会依照环境情境而运用不同的比拟、说法，于是在佛法流传中，就有因转述多次而出现的"第二义""第三义""第四义"等等。

夏目漱石特别强调"第一义"的重要性，那是未被转述、未被增减之时的状况，也就是事物的本能、本质。"人情"就是一层叠一层的转述累积造成的,将人带离开事物的本能、本质,所以需要透过艺术家的追求,去拨开"人情",回归"第一义"。

现代小说的故事性

村上春树只强调了夏目漱石很会写人物,不过夏目漱石的重要成就之一,在于他不只是在小说中写人物与情节,他总是在小说中放入人物、情节以外的内容。

《草枕》写活了那美小姐,不过即使是那美小姐,也还是为了进行对艺术的思考、探索而创造出来的工具。如果眩惑于那美小姐的形象而忽略艺术思考的那部分,就成了对于《草枕》"买椟还珠"式的阅读。

那美小姐这样精彩的人物,却不是我们一般阅读小说经验中所体认的"女主角"。如果掉入男女主角的套路,阅读时念兹在兹地想着:那美和画家现在是什么关系?他们彼此相爱吗?他们会变成一对恋人吗?还是他们现在是"恋人未满"的阶段?那就又落入"人情"的刻板模式了。

那美小姐和画家在小说中具体最靠近时,是两个人一起在画家的房中看英文小说。突然发生地震,使得那美的脸几乎贴上了画家的脸。然而此刻激发的不是精神或肉体上的男女爱恋欲望，立即在画家的心灵之眼中浮现的，是地震震动中的池水波动，他的念头反而被从那美的肉体存在上引开了。

夏目漱石早早就没想用小说讲故事。他早早站在了现代派阵营的立场。有时候很感慨，也很难想象，这么多年之后，我们还有那么普遍的、"似是而非"的呼声，说小说要有好的故事，批判当代小说中缺乏好故事。

早在十九、二十世纪之交，现代主义小说兴起时，故事的有限性就已经被看穿。尤其像我们这样的时代，真的还需要更多的故事吗？现实的新闻报道、各种八卦流言，加上不断彼此抄袭的通俗剧，不是已经提供了那么多消化不完的故事吗？

西方长篇小说发展了一两百年，人们就发现可以将所有小说里描述的情节，整理归纳为大约三十种模式。大约三十种模式就囊括了所有故事情节的可能性。我们还要继续重复，在这逃不开的如来佛掌心中一直翻筋斗吗？

至少有一部分更具创作野心与才情的人，坚决地说："够了，不要了！"所以昂然诞生了现代主义的小说新潮流。现代主义小说的根本精神，就在于要试验探索情节到达不了的地方。特别值得佩服的是，当文坛中还在流行像尾崎红叶《金色夜叉》那种充满奇情转折的小说时，夏目漱石已经在静静地以《草枕》《虞美人草》这样的作品进行小说革命了。

虽然篇幅不长，但《草枕》以极其精密的方式写成，值得反复挖掘体会。小说中的每一个场景、所发生的每一件事，都与感受、思考密切关联。经常发生的事情本身不是那么重要，而是要透过事件的细节来引发思考，来合理化思考。

为什么要用小说来写思考？直接将思考的内容写成说理的文章不是更好、更适当？不是的。小说有动作、有情节、有脉络，可以让读者感同身受地理解思想的来源，明了为什么有人会用和我不一样的方式来思考艺术，来认识这个世界。如此更能够让读者亲近"非人情"的思考，从原本被"人情"所拘束的状态中解脱出来。

这是现代小说的一项特殊功能。而夏目漱石的《草枕》《虞美人草》基本上都是这种路数、性格的小说，甚至《心》也有着浓厚的现代小说、思想小说底蕴，并不像表面上看起来的那么通俗、那么容易了解。

关于翻译——如何传达"非人情"？

读夏目漱石的小说，该选哪一个译本？

关于这个问题，我诚实的态度一向是：如果能读原文当然尽量读原文，最好是有一本重要的经典书，能够刺激你立志去将日文学好。因为阅读译本时，你会不断被干扰，感觉到译文和原文必然存在着差异，却又无论如何弄不明白差异在哪里。

将日文学好没那么容易，我知道，尤其是要学到足以读夏目漱石的原文，很难。不过从一个方向看，即使你学的日文只有粗浅的程度，我都会建议你去找来原版书，和中文译本对照着读。一方面可以让自己的日文进步，另一方面一定能够在过程中发现中日文语感表现上的某些微妙差异。从相反方向看，我也建议，除非你的日文真的好到接近一般日本人的程度，否则最好还是对照读原文和译本，用译者的读法作为提示、参考。

对于完全不懂日文的读者，最好的方法不是去找某一个"最好""最准确"的译本，因为从来都不存在那样一种"定本"。如果这本书够重要，够让你在意，让你想要尽量接近作者原文的本意，那你最好多搜集一些不同的译本。如果你能读英文，就同时找英文译本；如果你能读法文，就找法文译本；如果你只能读中文，就多找几个不一样的中文译本。

多读几个译本，你会明白，像是《草枕》中最核心的"非人情"，在不同译本中基本上会有两种不同的译法。一种是"硬译"，另一种是"意译"。或者换个方式说，一种读起来很"日文"，用字和语法都不太像中文；另一种则尽可能让翻译的内容看起来也像是用中文写成的。

"硬译"尤其在日文翻译中有最大的空间。因为日文使用了许多汉字，愈是时代久远的日文文本，其中的汉字比例愈大。村上春树的小说里没有很多汉字，更多的是用片假名写成的外来语。然而夏目漱石的小说就不一样，几乎没有什么外来语，充满了汉字。

日文中所使用的汉字，大部分和中文里的意思差不多，所以可以直接挪用过来，只要把文法做一点调整看起来就像中文了。但一来日文的汉字毕竟不会都和中文里的完全一样，在意义上有或近或远的距离；二来日文的文法和中文的极其不同，没那么容易套公式转换，转换过程中常常会出现别扭之感。

"非人情"是汉字，却不是中文里会使用的词。更麻烦的是，"人情"这两个看似再平常不过的字，在日文里的意思和我们在中文里一般的运用，其实很不一样。日本人说的"人情"，其含义、范围要比中文里广得多。视上下文脉络，从类似中文里说的"人情世故"，即基本的人际往来行为规范礼貌，到社会中约束所有人行为思想的内在模式，都包括在内。

而当夏目漱石使用"非人情"时，对应的都是最宽泛意义上的"人情"，就是那无所不在的集体行为甚至思想规约，内化成为每个人的习惯，那才是他要以艺术的态度与内涵去质疑、去摆脱的。

"硬译"的方式，是将每一次日文中出现的"非人情"都直接写为中文的"非人情"，好处是让我们明白了这三个字在小说中的核心地位，坏处是常常让我们迷惑，尤其刚开始读的时候，搞不清楚到底什么是"非人情"。

"意译"的方式考虑到中文的习惯，不会直接套用"非人情"，会在不同地方将之翻译成不同的、更接近中文的表达。或许是"离俗""不世故""超脱世俗""不受人情羁绊"等等,这样我们可以读得很顺,然而麻烦的是,贯串小说的一个总体的观念,却在这样的文本中被拆散而消失了。

所以英译者会抗拒将"くさまくら"翻译作"The Grass Pillow"或"Sleeping on Grass Pillows",宁可选择直接音译为"Kusamakura",将这个词当作专有名词来处理,避免英文读者一看就自然产生"一块枕头"或"睡在枕头上"的联想,忽略了日文"草枕"所含有的那种在外冶游、随遇而安的意思。

"意译"为顺畅的中文,好处是让读者比较容易进入小说情境,不会一直被似懂非懂的"非人情"纠缠、干扰。然而"意译"的代价则是失去了"非人情"这个词的统合力量,读者不了解小说刻意让这个词阴魂不散一直笼罩着叙事者"我",他的旅程不同于任何其他旅程的关键意义就在于寻找并创造了"非人情"的体验。旅程中他不断重新认知、定义"非人情",随着他见到了什么、遭遇了什么、想了什么,而对"非人情"有愈来愈复杂、愈来愈有趣的体会。

小说从一个简单、干枯的"非人情"概念出发,最终到达了有着丰厚肌理,以艺术来趋近、来填充的"非人情"生活样貌,那不是抽象的讨论,而是可以让读者自己也同样去追求、去自我改造的一份生活提案。

第四章

承前启后的《少爷》与《虞美人草》

颠覆既有认知、与众不同的小说

夏目漱石写完《草枕》后没多久,就动笔写《虞美人草》。这时候他辞去原来在东京帝国大学的教授职位,加入《朝日新闻》,成为给报社供稿的专业作家。为了彰显此事的重要性,报社大张旗鼓宣传夏目漱石的连载小说,《虞美人草》和《三四郎》都是在这种情况下,"未演先轰动",成为当时众人争睹的小说作品。

夏目漱石清楚意识到自己要写一部不同于一般的小说,或说他意识到不能写一部一般的小说。一方面是他从英国回日本之后,便对于文坛上的流行作品感到不满,他有他高度自觉的独特美学追求;另一方面,受到如此扩大宣传的压力,他当然也觉得不能交出一部平凡的作品,让报社与读者失望。

他的确写出了一部与众不同的小说,以不随当时日本文坛流俗的独特性来说,《虞美人草》是《草枕》的"负极版",将《草枕》中的主题从相反的方向来表达。

《草枕》以一位艺术家的旅程来探讨"非人情",以"非人情"的角度在生活中进行实验。而《虞美人草》则是要凝视"人情",看穿"人情"的可怕压迫,来解释为什么活在现代情境中,我们迫切需要"非人情",要以"非人情"来对抗"人情",至少缓解"人情"可能带来的灾难。

《虞美人草》中有很大的篇幅在描述、凸显"人情"的恶毒。如果我们只知道过这样的"人情"生活,生命会遭到恐怖的腐蚀。为了凸显这一点,夏目漱石写《虞美人草》时,选择了比《草枕》中更加风格化的文字。

《草枕》写的是艺术家追求"非人情"的过程,很自然地动用了一种离开通俗散文、比较接近诗的文字风格,内容和文字是贴合的。尤其是以第一人称来写,小说的内容都是通过"我"的眼睛、"我"的主观感受传递出来的,并且在诗的语言中探索、领悟、呈现,这精神是一贯的。

然而沿着《草枕》向前,夏目漱石在《虞美人草》中转而要形容活在"人情"中的人,以他们来显现"人情"的荒谬甚至恐怖之处。此时他不能用通俗的语言来写,那样就合理化了"人情",他还是必须延续着"非人情"的物外语气,冷静且带有讽刺意味地来看待"人情"。《草枕》是以风格化的文字写"非人情",《虞美人草》却是要倒过来以风格化的文字写"人情",其野心、其难度因而更甚于《草枕》。

有人称《虞美人草》为"俳句连缀式的小说",看起来很神秘,实质上回到日文文本,一目了然的是这本小说动用了两种不同风格的文字:一种是用来推动情节的,另外一种是用来刻画情境的。前者顺畅易懂,但会不断被后者的精细、精巧与浓缩风格干扰,使得读者无法用平常追情节读小说的方式来读这部作品。

关于俳句和这部小说的关系，夏目漱石主要是强调小说中的很多内容不是以叙述的方式表现的，毋宁说比较接近和歌中的"发句"，也就是用暗示与比喻的方式来写。很多地方他选择以诗的逻辑、诗的密度来写，所以在阅读时，必须调整以不同的心态、不同的速度来面对不同的段落。

读这样的小说，首先要有耐心，其次是要以"理解"而非"知道"的态度来读。要有心理准备对自己说："啊，原来还有这种小说啊！"

小说最迷人之处正在于：如果你脑袋中有"小说该长什么样子"的固定观念，我一定可以找出不符合你的观念，却在文学史上大放异彩的经典小说。很多人习惯读小说就是"知道"情节，于是认定小说的每一句话、每一个段落都该和情节有关。

但在《虞美人草》中有很多和情节无关的文字，那些文字不是推动情节、交代情节、帮助我们知道情节的工具。那些文字本身就是目的，召唤我们去体会、去理解。要理解，不能只去想它们和人物、情节有什么关系，要放慢速度，更有耐心地动用我们自己的人生经验去和这些文字进行对话，从而得到不同于"知道情节"的乐趣。

通过这样的阅读，我们学会了用不同策略面对不同的文本，于是愈来愈多的文本能够进入我们的生命、丰富我们的生活，这是人生重要的学习、成长。

《虞美人草》的三种阅读法

《草枕》以那美小姐一次又一次的出现组构起来，有着清楚易感的摆荡节奏。那美的出现带来一个悬疑，我们的心随着叙事者"我"被吊到高处，之后得到了一些新的信息解了部分悬疑，然而下一次那美又制造了新的奇观、新的悬疑，如是反复。

《虞美人草》的节奏很不一样。一方面有一段复杂的三角关系作为情节的核心，产生了一种想要知道接下来会发生什么事的好奇，然而这样的好奇却会不断地被穿插的诗的语言、浓缩了的时间与意义给拖住。在阅读经验上，像是走过高高低低不同的丘山，急急下坡一段，到了坡底换成一段只能慢下来的上坡路，带着想要知道后续情节的心情，却只能慢慢爬，慢慢爬，等待爬完这段上坡路才有后一段情节进展。

这说明了在夏目漱石所有的作品中，《虞美人草》相对最冷僻、最少人读。分裂的叙述节奏带有高度实验性，也对读者有很高的要求，必须忍耐形成鲜明对比、矛盾的两种速度。

所以《虞美人草》有三种不同的读法。一种最理想的方式，是依照夏目漱石的节奏，该快就快，该慢就慢，完全放弃自主的期待或好奇。但这种读法非常困难，因为违背了我们长期阅读中所培养的习惯。所以有第二种读法，也是大部分读者会自然采取的策略——以追索情节为主，遇到诗化的段落、和推进情节无关的部分，就维持同样的速度，甚至更快速地跳过去。

还有第三种读法，是相反地统一慢下来。即使对于情节部分，也用一种浓缩时间、认真探索的方式来阅读。舒缓地体会其中的文字与意念，开展种种联想、想象，拆开一段文字读，然后再往下拆解又一段。如此这本小说可以读很久，而且可以从中得到更多的收获。

至少获得了一份体认，了解读小说不必然，也不应该是想着"然后发生什么事"，单纯追着情节走。小说有太多可能性，我们相应要有更多阅读小说的不同态度与不同策略。

我的老友唐诺写了《文字的故事》和《阅读的故事》之后，一度立意接着要写《小说的故事》，十几年过去了，到现在你会找到唐诺写的《重读：在咖啡馆遇见14个作家》，写的四十万字的《尽头》，这些书中都谈了许多小说家与小说作品，但就是没有那一本《小说的故事》。

他承认无法像写《文字的故事》和《阅读的故事》那样写出一本《小说的故事》，因为每次要解释、说明小说是什么、小说是怎么回事，几乎立即就会在脑中响起了一个声音说："但是有例外……"

无论用什么方式形容小说，都会有杰出、精彩的既有作品在脑中敲敲你，跟你说："但我就不是这样的。"小说最了不起的地方，就在其近乎无穷的多样性，拒绝被单一的句子定性，不管那是一个什么样的句子。因此当我们阅读小说时，也不能只有一种固定的阅读方式、阅读策略，必须训练自己更"多元"地来对应小说的多样性。

《虞美人草》可以是很好的训练,训练我们用慢的速度来对应某些不能快速浏览的小说作品。

夏目漱石笔下的"火车"情节

《草枕》和《虞美人草》有一个明确的联结点。《草枕》结束在火车站送行。那个时代的日本人对于火车、火车站有着特殊的感受,不管喜欢或厌恶,火车、火车站都具体地代表了现代文明。

《草枕》的最后一章,夏目漱石写道:

> 我把能够看到火车的地方叫作现实世界,火车无疑是能够代表二十世纪文明的东西,可以将几百个人塞进一个箱子里搬运走,没有丝毫感情。被塞进去的人必须以同样的速度停到同一个车站,并且承受同样的蒸汽。人们都说是坐火车,我却要说人是被塞进火车。人们都说是坐火车去,我偏要说是被火车搬运过去。
>
> 再也没有比火车更蔑视个性的了,文明用尽各种手段,使个性得以发挥,之后又用尽各种手段,践踏个性。这个文明给人以自由,使之猛如虎之后,又将其投入牢笼当中,

以维持天下之和平。然而这和平却不是真正的和平，它就像是动物园里的老虎怒视完游客，接下来随便躺下来的和平一般。

类似的描述也出现在《虞美人草》中。同样是在火车站，准备要从京都搭火车前往东京，作者借佛教的因缘，发了一段对于火车的感慨：

> 人跟人之间的交会是一个因缘，我们永远无法掌握，但我们可以感受这个因缘，因为你遇到了什么样的人，你们在交错的过程当中，这个交错是实际存在的，会使得一个人的生命因为跟其他人的生命交错，产生或明显或幽微的改变，而火车就在告诉我们：几千个人在同样一列火车上，但没有因缘、没有交错。在进火车之前，你跟这些人没有关系，通常你下了火车之后，跟这些人也仍然没有关系。

这里展现了现代文明和传统社会的重大差异。在《虞美人草》中，进行了对于这件事的认真思考，探索如何应对生活在没有了因缘、没有了交错，不再是主动坐火车而是被火车搬运时的这种状态。《虞美人草》要处理的，是从传统到现代的各种错杂、矛盾现象，那是当时的日本人亲身体验过，必须做出回应，却在快速变化中很难沉静下来处理的。

被卷在这样的变化旋涡中，夏目漱石也必须有所回应。他另外写了《三四郎》，创作时间上部分和《虞美人草》重叠，这部小说的开头，基本上是对于《虞美人草》中火车性质描述的翻案脚注。一个二十三岁的高中毕业生，从熊本搭了火车去东京，在车上遇到了一个女孩，因而发生了关系，下车之后这关系甚至有了奇特的延伸。几千人在同一列火车上，不必然都没有交错，或许会和其中一人不期地产生了因缘——传统中无法想象、无法定位的因缘，却仍然是因缘。

一种新鲜的现代因缘，等待被描述、被理解。

反潮流的创作者

夏目漱石的小说创作开始得很晚，相对地他又没有很长寿，所以他生命中真正得以投入在小说创作上的时间，只有十多年。然而这段时间中他迸发了惊人的能量，不只是写了多部小说，而且几乎每部小说都呈现了不同风貌，有着不同的写法。

这给读者在阅读上造成了困扰。当然我们可以一部一部别阅读他的小说，然而同一个作者在相近的时间写成的作品，总还是会引我们好奇探问：如何理解这些作品间的关系呢？

我们不能强求认定一个作者写的作品之间一定要有联系。

然而当我们知道这些作品来自同一个人，就很难简单认定它们彼此之间完全无关，毕竟依照我们自己的生命经验，一个人再怎么多元创作，创作毕竟基于他的生活。

而且在读一部作品时，如何能够从中读得更多、读得更深，是自然、普遍的阅读追求，于是当我们读作品时，总会想要通过对作者及其生活与时代的认识，来丰富、深化我们的阅读所得。

在进行小说创作的十几年间，夏目漱石有意识地在对抗当时汹涌在他周遭的流行现象。这是一百多年后回头读夏目漱石时，我们不得不从文学与艺术角度特别给予他的肯定之处。文学与艺术需要这种不随众人、不随潮流起舞的精神。跟随众人、跟随潮流，相对是容易的，潮流中有现成的模式，可以方便仿制运用。

那个时代有许多其他作者、其他小说家，但他们就都不是夏目漱石，在日本近代文学史上，无法取得和夏目漱石平起平坐的地位。夏目漱石有意识地要摆脱流行的自然主义小说，作为一个刻意违反潮流的创作者，这一动机将他的各部不同小说贯串起来。动用不同的写法，每一部都在试图开创自然主义以外的风格可能性。

要抗拒潮流、违反潮流没有那么容易。有意识地违反潮流最简单的做法，是"左右镜像"式的。像是镜中呈现的倒影一样，左边变成了右边，恰好相反，也就是故意将潮流中放大的予以缩小，将潮流中不重视的予以夸张。

如此虽然不迎合潮流，但实际上仍然是由潮流的走向来决定，没有真正的主动性，没有原创力。

还有一种也很自然的反应，是借由复古来抗拒潮流。要跳过既有的潮流，就要到潮流掀起之前，更久远的作品中去寻找典范模式，予以复活再制。如此尽管能够创造出不同于当下流俗的作品，但也很容易就会掉进古老的流俗中。而且这样的作品，一来无法吸引当代的读者，二来也缺乏向前开创的动力。

夏目漱石却是在每一部小说中进行各种不同的实验，依照他和庞大的自然主义潮流的抗争过程，我们可以找出他创作中一个贯彻的主轴来。

贯串夏目漱石作品的主轴——"人情"与"非人情"

《草枕》是这个主轴的关键文本。在这里，夏目漱石明确提出了"人情"与"非人情"的纠葛，而且在《草枕》中将"非人情"的追求表现得最单纯、最纯粹。

《草枕》中所呈现的，是一个相对干净的世界。叙事者"我"主观地要离开"人情"，而在旅途中竟就幸运地遇到了那美小姐这样一个精彩地以"非人情"方式生活的人。那美小姐提供了能够让画家训练、精进自己的艺术之眼，对于"非人情"与艺术的关系不断思辨的机会。

在小说中，那美比画家更迷人，她身上具备了奇特的活力，直接将"人情"的世界排开，重建、新造了一个自己的"非人情"世界。

小说中的另一个角色大和尚，他的信仰与生活也提供了他可以和现实"人情"保持距离的条件。甚至那美的父亲，在小说中出现时表达了他对砚台的看法与态度，很明显也展现了"非人情"的一面。

《草枕》以艺术为基点，一层一层去深挖"非人情"的意义。不过如果对于"非人情"与"人情"关系的认识仅止于此，夏目漱石不会是一位了不起的小说家。他没有停留在《草枕》的天真态度上，没有沉迷于描述那样一个简单的世界，好像只要抱持着"非人情"的态度，就能超越一切，过着"非人情"的生活。

《草枕》呈现了相对纯粹的这样一个世界，介于真实与幻梦之间，因而显现得没头没尾。这位画家没有来历，到小说结束时他也没有去向。小说将这个人的人生硬生生剪出一段，在旅途中单纯与"非人情"遭遇、碰撞的一段。

于是接下来，夏目漱石就将这个主题挪到完全不同的另一个情境、另一个故事里，换成很不一样的方式，继续探讨。这部小说《少爷》乍看下和《草枕》天差地别。《少爷》是夏目漱石最受欢迎的一部作品，多次被改编为电视剧、电影、漫画、卡通片等不同形式，长久以来更是一直列在日本中学生的阅读书目中。

《少爷》的创作时间与《草枕》和《虞美人草》相近,但和这两部小说很不一样。《草枕》中遗留下来的,无法、不适合在小说中解决的问题,夏目漱石便以《少爷》来试图处理。这个问题是:一个抱持"非人情"态度的人,要如何活在现实的"人情"世界里?

《少爷》的书名,是带有嘲弄意味的,指小说中的主角,在家里和他的哥哥相比,是个长不大、没有用的"少爷"。一个人要"有用",要能在社会上被接受被肯定,最重要的便是要培养出世故的一面。相对地,这个弟弟之所以一直是"少爷",正因为他的所言所行所思,无法符合人情世故的标准。

在《少爷》中,夏目漱石埋下了一个有趣的伏笔,比《草枕》的探索更前进了一步。

《草枕》呈现的是一个艺术家的生活态度,这是承袭欧洲十九世纪浪漫主义对艺术与艺术家的看法而来的。

有兴趣的朋友不妨去看看乔伊斯所写的 *A Portrait of the Artist as a Young Man*,一般中文翻译为《一个青年艺术家的画像》。让我们更小心一点体会乔伊斯英文书名和中文译名间的微妙差异。

小说要描绘的是一个年轻人,然而重要的是既要表现他年轻的生命样貌,同时又要凸显他作为艺术家的特殊身份,不是任意的年轻人、一般的年轻人。"年轻"和"艺术家"这两项成分同等重要,要在天平上平衡,在小说中等比表现出来。

他是个年轻人,不是中年人、老年人,但定义他的"年轻"的,不是单纯的年岁,毋宁说是他身上那份艺术家的热情与冲动,使得他无法将自己和周遭世界的关系固定下来。他因为选择要做一个艺术家,所以骚动不安,而有着特殊的面貌,需要特别以一部作品来为他画像。

《草枕》中写的也是一个人如何试图以艺术家的态度来建构自己不同于一般"人情"的生活。然而除了这样一份传承自欧洲浪漫主义的信念之外,从英国回到日本的夏目漱石另有他对于时代的高度敏感。

他回到明治后期的日本社会。高速西化带来了日本传统生活的瓦解,过去被视为理所当然的许多"人情"习惯,这个时候维持不下去了,纷纷松脱解体、摇摇欲坠。然而在旧的"人情"消失中,取而代之的却不是"非人情"得以发展的空间,而是另外一种现代"人情"的约束。在这种环境中,一个带有"非人情"性格与冲动的年轻人,会遭遇什么,又该如何自处呢?

如果只看《草枕》,很容易误以为夏目漱石抱持的是一种精英、超脱的态度,以艺术的视角睥睨社会庸众。不接触艺术中最美好的表现,没有看到、体会过艺术的美好,就无从建立起品味,也就无法辨认什么是恶俗,是不应该被忍耐的。曾经接触艺术、沉浸在艺术里,被那样的美感动过,就会对于平凡甚至丑陋的事物发出不平之鸣,不愿意忍受生活周遭的平凡与丑陋，才能促进群体生活的美化、进步。

我们应该好好读几篇古人写的"赋"，例如范仲淹的《秋香亭赋》，理解什么是赋体的精神与追求，赋在中文的表现上可以有多美，如何游走于文字的格律与自由间。读过后，就会知道挂在台北桃园机场二航厦的那篇《机场赋》是多么令人尴尬，从文章到书法都是如此烂俗。

会有那样的一幅作品大剌剌挂在那里，是因为我们彻底失去了对于赋、对于书法的品位。的确，大部分的人在生活中都很少甚至从来不曾读过任何一篇好的赋、看过一幅具有艺术高度的书法作品。能够欣赏《秋香亭赋》、熟悉从董其昌到董阳孜书法之美的人，就会对那样的《机场赋》感到高度窘迫与难以忍受。

《草枕》中有这样的意味：一个认知较高层次的美的艺术家，无法忍受庸俗的"人情"世界，所以他宁可放弃安稳生活的保障，出发去寻找"非人情"的解脱。然而，到了《少爷》中，夏目漱石将这样的想法建构得更复杂、更暧昧了。

《少爷》中清婆眼里的"非人情"式价值

《少爷》中主要的伏笔是"清婆"。主角在家里不受喜爱，因为处处比不上哥哥，只有老佣清婆最疼他，而且最看重他。清婆一直支持他，比母亲跟他还亲。在清婆眼中看到的是一个什么样的"少爷"?

这是夏目漱石的小说格外精彩的部分。清婆是一个配角,始终疼爱这个别人看不起的孩子,最后死去时让读者跟着落下两滴眼泪,这是一般通俗剧会有的写法。然而仔细认真读《少爷》,会发现清婆不是这样一个纯粹无理由溺爱孩子的人,她也不是由于男女主人都喜欢老大,所以抱着同情怜悯的态度站到弟弟这边的。

清婆在这个弟弟身上看出一些很有价值的性质。透过一个没有受过教育、没有什么知识的老佣素朴的眼睛看到的——素朴直觉比世故判断更能体会的,是"非人情"式的价值。

小说的铺陈,到后来说服了我们,是的,这个清婆有她的眼光,有她的道理。中译本将书名翻译为《少爷》或《哥儿》其实都无法真正呈现出日文原本的意思。那源自清婆对主角的称呼,是一份亲昵、宠爱的表现,和中文里"少爷"带有的尊敬意味很不一样。

换句话说,整部小说采取的,是清婆的评断,以情节与事件来解释为什么清婆会对这个别人都不喜欢的人,带着这样一份恒常的疼惜。这个"金之助"是有其长处的,但别人、一般人,甚至他的父母都很难体察、欣赏他的长处,因为他们都活在"人情"中,从人情世故的角度来评判人的价值。

小说中安排了这样一个反对世故甚至轻蔑"人情"的"少爷",去担任社会上和"人情"关系最密切的职务——一个中学老师。

最早读到《少爷》时,我脑袋中联想起爱尔兰诗人威廉·巴特勒·叶芝(W. B. Yeats)。叶芝在一首诗中罗列出了诗最大的敌人,或说最无法理解诗、进入现代诗的世界的人。叶芝表现的是不折不扣的职业歧视,然而用这种方式来说明诗的特性,是有道理的。这些职业伴随着必要的人生观、价值观,使得这些人所看到、所感受到的世界,和诗、诗人的大相径庭。

他等于是从负面来定义诗。如果抱持着固定的、不变的、狭隘的、死硬的、没有弹性的、不能动摇的态度,那么诗就对你永远关上了门。

叶芝列出的这三种人,第一种是银行职员,因为他们满脑子想的都是金钱;第二种人是牧师,因为他们被灌输了教义教条,没有任何空间可以接受浮动的、暧昧的诗的意境;第三种人则是教师。教师或许比银行职员、牧师更糟,因为他们是"人情"的守护者,他们的工作就是要将这一整套固定存在的"人情事理""人情世故"教给学生。

小镇里的人情束缚

《少爷》写了一个直觉带有"非人情"冲动的人,身体内在的自然反感使得他无法忍受照着固定的"人情"过日子,然而，各种因素凑巧，他竟然当上了老师。

老师，尤其是中小学老师的任务，不只是传授知识，还要灌输小孩所需的社会化技能，要求他们遵守社会规范，也就是教会他们依循"人情"，甚至内化"人情"的种种规矩。

一个带有强烈"非人情"属性的人，却要去扮演"人情"的守护者与传递者的角色，这必然会产生许多冲突，小说就环绕着这层层冲突展开。

他去到一个遥远、陌生的地方当老师。做一个老师，不过在面店里多吃了几碗天妇罗荞麦面，竟然就引来周遭的评断。学生戏谑地将这件事写在黑板上，将他刻画成一个贪吃、奢侈的老师予以嘲弄。如此开了头，就变成所有的人都盯着看他吃东西，下一次不过是在街上吃了个团子（だんご，通常是一颗颗串在一起卖的小糯米丸子），也被讥讽。

如此具体地显现了"人情"的力量。有一套大家视为理所当然的标准，随时用这套标准来衡量、来监视，看看你是否以符合"人情"的方式行为。用"人情"的标准评判：一个做老师的怎么能够贪吃？一个做老师的怎么能够随性行为？以"老师"的身份套住你，你就失去了自由。

我们经常甚至随时活在这种被监视的不自由中，特别是在传统的乡镇环境里。我讲过很多次我自己年少时的恐怖经验。我在台北出生、长大，不过我的父母都是花莲人，老家在小小的花莲市内。因为家中开店做生意的关系，小时候每逢寒暑假大人没空照顾小孩，就把我送回花莲，住在二伯家里，因而我和花莲有这层特殊的关系。

我深切体会到，一个在小城小镇中长大的人，和在大都市或在农村长大的人，很不一样。今天大部分的人都住在都市里，或许不是那么容易具体理解像《少爷》中所描述的那种小镇生活。

让我用我的亲身经历来说明：稍微大了一点，高中一年级的暑假，我去参加当时极流行的暑期青年自强活动，报名了"中横健行队"，从武陵农场一路向东走到花莲。到达花莲后，住进花莲农校，然后有了一个下午的自由活动时间。

五天徒步的时间中，小队里的人都知道我是半个花莲人，对花莲很熟，于是好几个人都要跟着我去逛花莲市街。一行人从农校沿着中华路走到街上，看到第一个公共电话，我想起妈妈交代的，拨了长途电话回家。那一头妈妈在台北接起电话，先问我："为什么还没去你叔叔那里？"我解释说才走到中华路和中山路口，离叔叔家所在的中正路还有一段距离，等一下就去。

然后妈妈的下一句话是："在你身边的女孩子是谁？"

还原所发生的事：就在从农校进城的路上，有人认出了我，打电话给我叔叔，说看到你台北二哥的儿子在路上，而且是一群男男女女喔！于是在我前面，婶婶先打了电话给妈妈，妈妈听到的重点，就放在儿子身边有女孩子这件事上了。

这就是小镇生活，走在街上，我甚至不知道遇到了谁，但很多人一眼就认出我是谁的儿子或谁的侄子,很自然地向我的亲戚通报我的行踪。

如此紧密的人际关系、随时的行为评价,有其恐怖的一面。

逃脱人情的人生选项

"少爷"恼怒于这些人不断监视他、评断他,接下来在他留校守夜时,发生了老师和学生的冲突。

小说中的主要事件其实都很简单,却引出了"人情"世界中种种不合理的处理方式。在"人情"判断里,一个老师就是不应该吃四碗荞麦面,如果你打破了这个不言而喻的规矩,活该受到议论惩罚。

"少爷"要如何以他的"非人情"信念去承担起老师这个角色的"人情"责任?他惹了很多麻烦,但仔细读就知道,真的不是因为他有多调皮、多恶劣或有什么激进的态度,麻烦主要来自他无法适应作为一个"人情"传承者的中介角色,他无法压抑自己内在"非人情"的个性。

小说的另一项主题,则是这样一个人要如何在"人情"笼罩的环境中,辨识、找到"非人情"的同类。

在这方面,我们可以清楚看出,《草枕》是以寓言而非写实的方式呈现的。画家出发去寻找"非人情"的生活,找到了那美小姐和大和尚等人，得以从他们的生活中去思索去咀嚼"非人情"的种种深意。

现实当然不可能如此。大家都被"人情"约束、改造了，就算有"非人情"的冲动与倾向，也都被训练得非得在人前藏得好好的不可，那要如何找到同伴，能够在让自己如此痛苦的虚伪世界中，保有一点真诚的安慰？

这个主题联系上了夏目漱石的经典小说《心》。这个书名的含义乃是：每个人都有藏着的"心"，没有人会将自己的心"别在袖子上"，我们无法知道人心里有什么。

而我们理解人心时最主要的障碍，也是"人情"。"人情"在人身上施加一层层的表面固定行为，障蔽了人的真实内在，隔绝了"心"。"人情"同时训练人不再以自己的"心"来感受、处理、表达。要碰触别人的"心"如此困难，事实上，被"人情"同化到一定程度，连要碰触自己的真心，都会变得如此难得。

《少爷》中，"少爷"犹豫、疑惑于身边的两位老师，谁才是真心对待他的。如果从创造悬疑的角度看，这段写得并不是那么好，因为我们阅读时，几乎都看得出来那两个角色谁比较真诚。小说后来的发展，应和、证实了我们的判断。

不过，这也就显示了，"少爷"比我们更天真，具备更强烈的"非人情"性格，所以绝大部分的读者都能看穿的情境，已经是让他挣扎难以判断的考验了。

因为夏目漱石在人生观已经定型后才开始创作小说，前后创作小说的时间又只有十多年，于是这个最为让他纠结的问题，没那么容易可以解决。他一再地在不同小说作品中尝试、探索，另一方面也是因为他早早就认定对于他最在意、念念不忘的主题，当时文坛流行的自然主义完全无能为力。

在科学主义的信念引导下，从左拉那里传来的自然主义小说，从一开头就认定了"遗传"和"环境"足以决定一个人的人生。如此便剥夺了人最基本的选择，人是被"遗传"和"环境"决定的，无法自主选择要有什么样的人生。

怎么可能是这样？夏目漱石不相信、不接受，至少一个人会困惑于要不要被纳入"人情"中，可以选择要过"人情"或"非人情"的生活，也就是自己决定和社会集体规范保持什么样的距离。

这是人的权利，也是人生的难题。自然主义先入为主地取消了这个关怀，夏目漱石却要在一部又一部的小说中，以不同的角色、不同的情境、不同的故事来探索这个主题。

《虞美人草》的叙述视角

《虞美人草》有两种文体、两种不同的节奏，我们可以将之视为"人情"与"非人情"，或通俗生活与艺术生活在形式上的角力。奇特、创新之处在于：小说的角色与情节都沉浸在通俗的"人情"里，然而小说背后的叙述声音，却从头到尾抱持着"非人情"的眼光，来描述并评论这些通俗"人情"事件，构成了一种夹叙夹议的文体。

叙述声音不是客观地描述在哪里发生了什么事，而是在每一句话、每个描述中，都夹带了强烈的主观。叙述的一贯主观倾向，要让读者感觉到任何一个场景与事件，都不是正常的。

单纯从小说叙述上看，这个声音很累赘，而且是犯规的。小说从来没告诉我们究竟是什么样的人在表达如此主观的意见，却又让我们只能透过这份强烈的主观来理解小说中所发生的事。

小说里引用了甲野日记中的一句话："观色者不观形，观形者不观质。"意思是人在和外界接触时，有三种不同的层次。最表层的是"色"，如果你专注于看表面的现象，不会注意到万事万物皆有其"形"，一种构成的形式。必须放掉对表面的感受，从另一个角度才能体会"形"。

而在此之上，还有第三个层次，那是认知抽象的"质"，事物的性质，或是本质。如果只停留在对外形的认知上，是无法洞察内在的性质、本质的。

小说中隐藏的叙述者引用这句话是为了描述、评断小野这个角色，说他就是一个只观看表面颜色过日子的人。接着又有甲野日记中的另一句话："生死因缘无了期，色相世界现狂痴。"也是用来评论小野，说他就是一个住在色相世界里的人。

先给了主观的评价,然后小说才真正描述、交代小野的出身。小野出生在阴暗的地方,有人甚至说他是私生子,他小时候上学就经常被同学欺负,走到哪里,狗都吠他。有一天,他的父亲死了,在外头吃尽苦头的小野无家可归,不得不寄人篱下。

然后形容什么是"阴暗的地方":

> 海里面的海藻,长在阴暗的地方,它不知道白帆飘来飘去的岸边有阳光。它是看不到阳光,在阴暗的地方的。海藻只能任由波浪摆弄、漂流、摇摆,只要随波逐流,它只能随波逐流,习惯波浪就不会意识到波浪的存在,也无暇思考波浪到底是什么东西,更不必说去思考或去探索为什么波浪要这样残酷地打击自己。即便去思考这个问题也无谓,因为无法改变。命运之神命令海藻生长在阴暗的地方,于是海藻便生长在阴暗的地方。命运之神命令海藻朝夕晃动,永远不能停止,于是海藻也就永不止息。

这样一个活得像海藻般的人,在京都受到孤堂老师的照顾,老师帮他定做了蓝白碎花的衣服,这是最平常、可以穿到学校去的衣服。学校每年二十元的学费也是由老师资助的。

在京都成长的过程中,他学会了在祇园的樱树下低首徘徊,然后仰头看知恩院上面挂着的御赐匾额,领略到这样东西如此高高在上。

他吃饭的分量逐渐增加，终于增加到成年男子的分量，水底下的海藻总算离开了泥土，浮上水面。

小说中用这种极度主观、带有强烈评断意味又带着一点诗意抒情性的笔法，来介绍小野。

"世界是颜色的世界"

小野后来从京都去了东京，于是小说又先给了一段对于东京的主观形容：

> 东京令人目眩，往昔在元禄时代，能够维持百年寿命的东西，到了明治时代就只能够维持三天。其他城市的人用脚跟走路，在东京，人们用脚尖走路，甚至有的时候倒着走，或者是侧身走。性急的人甚至是用奔跑、飞奔的。

东京的生活节奏让小野吓了一跳——"转了一圈之后，睁眼一看，发现世界已经彻底改变，即便揉了眼睛，揉了揉他的眼睛，世界也不会恢复原来的模样"。接下来是一句警语式的评论，不是出于小野，而是出于藏在背后的叙述者："唯有世界变坏了，人才感觉到变化。"如果变好了，我们会很容易接受，视之为理所当然的发展；但如果朝对我们不利的方向变化，我们必定立即受到刺激，感到难以接受。

东京带来的变化对于小野来说是好的，所以他很快适应了，毫不犹豫地用东京的节奏往前走，朋友们称赞他是天才，教授们也认为他前途一片光明。到他从东大毕业时，呼应前面在京都知恩院仰望御赐匾额的经验，他竟然得到了天皇御赐的银表。

然后，叙述者却又下了一句断语："浮上水面的海藻，开出一朵白花来，海藻完全没有察觉自己其实没有根。"

虽然说的是小野的身世，但其实我们从来没有机会真的见到小野这个人。即使是现实里他进了东大，在东大以最优秀的成绩毕业，叙述者都不允许我们对他产生正面肯定的观感，而要尖锐地提醒我们，他来自那样的阴暗之地，即使现在有什么成就，关键仍然在于他是"没有根"的。

然后叙述者丢开了小野，回到前面说的"色相世界"，改换语气，带点讽刺意味地思索：色相的世界是颜色的世界，所以观赏颜色就等于观赏世界。世界的颜色会随着自己的成功而更加鲜明，当颜色鲜艳到得以胜过真正的锦缎时，才算没有白活宝贵的人生。

小野是一个专注于色相外表，所以看不到也感受不到形式与本质的人。具有象征意义的意象是他的手帕经常会散发出香水的味道。

然后下一段，又以同样的"世界是颜色的世界"开头：

世界是颜色的世界，形状只是颜色的遗骸，只懂得讨论遗骸而不解其味的人，犹如只计较美酒盛器的方圆，却不知如何处理往上冒出的泡沫的男人。无论人们如何品评盘子，他们也不会去把盘子吃掉，但如果不及时让嘴唇沾上酒沫，酒就会失去味道。重视形式的人将搂着无底的道义酒杯在街头局蹐。

再下一段，再度重复"世界是颜色的世界"：

世界是颜色的世界，是乌有的空花，亦是镜花水月，所谓真如真相，是不为世间所接纳的畸形人，为了祛除不为世间所接纳的心中积怨，在黑甜乡里做的一场白日梦而已。盲人摸鼎的时候，因为看不见颜色，所以会想要细究其形状，但连手都没有的盲人根本不会去摸，要在耳目之外追求物事本质的人，就像是没有手的盲人。小野的桌上插花，柳絮在窗外吹绿，小野的鼻头上戴着一副金边眼镜。

我们不能用一般读小说的态度来读这些文字。这不是用来服务小说的叙述，文字本身就是目的，就是内容，甚至是倒过来，小说人物与情节成了这些评论文字的示范、佐证。重点在于讽刺地描述这种停留在表面、肤浅地活着，却自以为活得很好的人，而小野会刻意在手帕上喷香水，选择佩戴金边眼镜，正是这种人的典型形象。

一百个世界

还有这么一段，开头是像诗般的句子："擦火柴的时候，火焰会立即消失，掀完层层的彩锦之后，只剩下素白境地。"这是要让读者自己去体会的，感受到在时间中，什么是快速消逝的，什么才是会留下来的，而往往前者绚丽灿烂，后者接近空白，如此产生丰富的寓言效果。

然后才让两个角色上场：

> 春兴尽在两名青年身上——穿着狐皮背心、横行天下的青年，与怀中揣着日记、思考百年忧愁的青年。他们两个人一起踏上归途，罩着古刹、古社、神森、佛丘的悠闲京都日头，总算下山了，那是倦怠的傍晚。一切都将消逝的大地只剩下星辰，而星辰却也浑浊不清。星辰懒得眨眼，打算融入天空，过去在沉睡大地的深处，开始活动。

叙述间仍然夹杂着诗般的语言，将星辰拟人化。再下来是一段评论，和小说的情节完全没有关系，也不是这两位青年的感受，是隐藏的叙述者的主观怀想：

每个人的一生都有一百个世界，人有时会潜入地底的世界，有时会在风的世界里面飘摇，甚至在鲜血的世界里面，淋着血雨，集一人的世界于方寸之地的团子，与清浊同流的其他团子重重叠叠，活现出千人千个的现实世界。人的经验用这种方式叠合在一起，每个人的世界中心都安置着每一个人的因果圆心，左来右去画出与自己相衬的圆周。以愤怒为圆心的圆快动如飞，以爱情为圆心的圆在空中烙下火痕。

　　我们将什么情绪放在中心，其他的"一百个世界"、众多的经验与记忆，就会随之产生不同的次序、不同的安排，连带地，生命的速度改变了，生命的性质与效果也改变了。

　　这边甲野和宗近两个人要离开京都，踏上东行的归途，他们没有意识到小说中另外的重要角色，孤堂先生和女儿小夜子，也搭上了同一班火车。单纯为了小说的叙事，只需说甲野两人和孤堂先生父女，恰好搭了同一班从京都开往东京的火车，这样就好了。

　　但重点在于：夏目漱石没有要写那样的叙事小说。他从这两对人的偶然引申出去，每个人的诸多世界，又会以不同方式和别人的世界交错：

　　　　有人操纵着道义细丝在活动，有人隐隐绕着奸谲之环，当纵横前后、上下四方，纷乱飞舞的世界与世界交叉时，南北完全隔离的人便会同舟……自己的世界与自己的世界交叉时，有人会切腹，自取灭亡。自己的世界与别人的世界交叉时，有时两个世界会同时绷紧，甚至崩裂，或者互相碰撞，当啷一声，拖着热气分道扬镳于无极。生涯中若发生一次激烈交叉，人不用站上闭幕的舞台，也能够成为悲剧的主人公。上天赐予的个性在此时方以第一义为本而跃动。

这里的关键词是"第一义"，指人彰显、理解自己内在个性的本质的方式。什么才是一个人决定性的生命意义呢？不会在日常生活中呈现，而是在和他人世界激烈交错时，发生了悲剧性的故事，我们才能真正认知自己究竟是个什么样的人。

如此评论过了，叙述者还要添加两句。一句是自我拆解，先告诉我们"在八点开出的夜车上交叉的两个世界并不激烈，然而倘若只是相遇又离别的萍聚缘分，在耀星春夜，在连名称都带有苍凉味道的七条，它们没有交叉的必然性"，从这里又引出另外简短的一句对自然主义小说的吐槽："小说能雕琢自然，自然无法成为小说。"在自然里，这两对人没有什么激烈的戏剧性遭遇，只是偶然萍水相逢又散开了，必须靠小说的虚构创造，才有可能呈现"第一义"本质的悲剧性故事，所以，怎么可能靠"自然"来形成"小说"？"小说"又如何可能是"自然"的？

《虞美人草》中"非人情"的甲野

明了夏目漱石如何写《虞美人草》这部小说,大有助于我们读这部小说,并有所领会。这部小说有两个几乎可以分别独立存在的部分,一部分是正常的小说叙事,什么人,在什么地方,发生了什么事;另一部分则是由诗一般的语言所构成的持续的感慨和评论。

延续着之前《草枕》和《少爷》的读法,我们可以轻易地分辨:前者是从"人情"之眼所看出去的世界,后者却是从"非人情"出发的感受与体会,将我们在"人情"中不会看到、不会在意的予以夸大呈现,将"人情"中的平铺事实转化为意义。

和《草枕》中完全相反的是,《虞美人草》里要以"非人情"之眼去解读的,非但不是像那美小姐那样的谜样人物,反而是最"人情"、最世故的产物。这个女人是甲野的后母,自己只生了一个女儿,这时候她念兹在兹的是:一旦不是自己亲生的甲野继承了家产,会发生什么事?自己该怎么办?

她以最世俗、最"人情"的关怀看待所有的事情,而且感染了她的女儿藤尾。不过她们遇到了一个抱持强烈"非人情"态度的甲野,一个真正有兴趣去学哲学的儿子与哥哥。

甲野很早就对后母表态:因为后母不可能信任他,所以他不会抚养后母,但他愿意放弃所有的财产给后母和妹妹,所以她们可以不用担心，后母可以再嫁，妹妹也可以招一个赘婿，一定会有稳定的生活。

然而这个后母对甲野来说，形成了难解的谜。因为即使他如此清楚表态了，也真的要如此处理，这个女人却总无法相信，无法停止不断地算计操控。从她深浸在"人情"里的固执观点看，她很难相信有人会愿意放弃财产，而且就算偶尔感受到甲野的真诚，她也马上又会生出另外一份"人情"的困扰。她要担心邻居说话，说她将丈夫的长子赶出去，夺走他应得的家产。

她的"人情世故"将自己困在一个没有出路的地方，只能和女儿不断地想各种方式对付甲野。她们当然无法理解甲野；从甲野的角度，她们的想法和行为，也是一连串难解的谜。

甲野的父亲还在时，有默契地要将甲野的妹妹藤尾许配给他最要好的朋友宗近一[1]。然而和妈妈同样世故的藤尾不可能了解与哥哥同样"非人情"的宗近。

小说中为什么用那种方式描述小野？因为这对母女找到了小野，选择小野作为赘婿。小野是个孤儿，他的身世使得他和正常的"人情"有距离，然而他的积极功利之心又必然将他拉往"人情"那边。他是由老师抚养长大的，老人理所当然要将女儿小夜子托付给他，然而他从京都到了东京之后，被那新世界迷住了，几经犹豫游移，他终究选择了要去当藤尾家的赘婿。

---

1 宗近一：即前文所说的"宗近"。"宗近一"是其全名。

说教的结局

沿着"人情"与"非人情"的对立读《虞美人草》，小说的内容就变得极其清楚，甚至太清楚了。从情节的铺陈、推动上看，这实在不能算是成功的小说，很多地方的表现接近一厢情愿的"通俗剧"（melodrama）。最"通俗"之处是，谁属于"人情"、谁属于"非人情"，都是摆明、固定的。而且作者对于"人情"与"非人情"的正负面评断，也是固定的。

代表"非人情"的甲野和宗近，就像一体两面。宗近很开朗，他不在意"人情"，会用一种嘲弄的态度来看待"人情"。他不在意考试考得上考不上，就连要不要娶藤尾、能不能和藤尾结婚，也都不那么在意，带着一种大剌剌的态度。

甲野则呈现了"非人情"阴郁的一面。我相信这部分的性格比较接近夏目漱石本人。甲野的"非人情"表现在他看重的总是和别人不一样，感觉在这个世故的环境里没有人能了解他的选择。他之所以阴郁、神经质，一部分原因来自他难以和其他人沟通。

小说费了很多篇幅叙述一件简单的事——他对父亲画像的看法。那画像的眼睛使得他将这幅画看得比任何遗产都更重要，但他无从解释、表达他的感受，不可能让别人了解这种感受。于是他抱持着一种放弃沟通的态度，和所有的人都保持相当距离，只有宗近的妹妹算是唯一的例外。

小说最一厢情愿处在于结局，宗近一的介入改变了一切。这样的逆转情节不太可信，不过夏目漱石仍然以他的杰出笔法，传递了感人的氛围。宗近将看似陷入迷途的小野硬拉了回来。小野不只在"人情"与"非人情"间挣扎，他也受到这个时代"传统"与"现代"价值观冲激的考验。

到了东京，他看到原来的老师和小夜子，觉得他们好土，不能想象自己要娶这样的女子为妻。他自认是个现代人了，而他们还活在传统中，更何况回头娶小夜子还意味着将失去藤尾带来的家产和前途机会。但在小说最后，宗近一去找了小野，跟他说了一段话，动摇了小野原本的决定：

> 以前念书的时候你的成绩比我好，脑筋比我聪明。我很尊敬你，因为尊敬你，所以我来救你。在这个面临危险的时刻，如果不矫正你那天生的个性，你将终生都活得坐立不安，即使你再怎么用功学习，即使你当上了学者，你也会后悔莫及，这个时候最重要的，小野，是你必须真心待人。
>
> 有很多终生都不明白何谓真心、只靠表皮活在这世上的人，和用泥土制成的"人形"（日文，指人偶）差不多。如果当事人本来就缺乏真心，那另当别论，可对于明明有一颗真心的人，当"人形"就太可惜了。以真心待人后，心情非常舒畅，你有过这种经验吗？如果没有，你现

在就经历一次看看，这种事一生只有一次，错过这个机会，往后就没机会了。你将终生都不会理解真心的滋味，再带着这个状态进到坟墓里去。在你死去之前，你会一直活得像长毛狮子狗一样，不安地转来转去。只有累积真心待人的机会，人才会变得愈来愈高尚，愈来愈觉得自己活得像个人。

我不是在吹牛，没有亲身体验过的人不明白这个道理。你也知道我既没学问，也不用功，考试考得很差，成天无所事事，但我比你坦然。我妹妹一直认为我是个粗线条的人才会这样，或许我真的是个粗线条的人，不过，如果我真的那么粗线条，我今天就不会雇车赶来你这里。不是吗？我能够比你更坦然，并不是因为学问好坏，也不是用不用功的问题，这些都不是问题，而是因为我偶尔会真心待人。

说会真心待人好像有点不恰当，应该说能够真心待人。这世界上没有什么比真心待人更能加强自信，你愈真心待人，你就愈能够活得稳稳当当；愈是真心待人，愈是自觉精神的存在。只有在你真心待人的那个时候，你才能领悟"自己确实存在于天地间"的观念。所谓真心待人，小野，是全力以赴的意思，是战胜对方的意思，是不得不战胜对方的意思，是人类全体都在活动的意思。巧言令色或是小有才干的人，他们再怎么努力，都不能算是真诚的人，只有把大脑中的东西全部扔向这个世界,才能体会到自己是个真诚的人,才能够感到心安理得。

很长一段说教,以小说的标准衡量太长太直接了,立刻发挥了改变小野的作用,也太快太戏剧化了。不过我们从字里行间可以读出来作者的激动与诚意,这是他真正相信的,所以他忍不住将其完整地写在小说里,而且忍不住在想象中赋予了这份道理强烈的感染与说服力量。

第五章

夏目漱石
作品间的关联

十年创作收束于《心》

夏目漱石最了不起的地方，就在于对自己小说成败的高度自觉，并且不懈地持续精进。他不会轻易放过自己的失败，前一部小说写坏了的地方，就成为下一部小说的主要挑战。这是他一部一部小说接连写下来，彼此之间的特殊关联。

《虞美人草》以说教的方式凸显"真心待人"的重要性，到了《心》他就设计了完熟的人物与情节，来探索：什么是"真心待人"？如何表达真心？说教是一回事，要落实在生活上，"真心待人"有那么容易吗？

"心"到底是什么？我们如何认识真心，如何触碰真心？我们又如何表现真心？夏目漱石明白：在《虞美人草》中，自己将这件事处理得太天真了——情节突然急转直下，经过了宗近的一番慷慨陈词，小野幡然决定去照顾小夜子，而且和甲野、宗近形成了一个"真心联盟"，去对抗"谜样女人"和她女儿的暗黑势力。

藤尾约了小野，小野没出现，回到家却发现小野带着小夜子在等她，他正式告知藤尾：小夜子是他未来的妻子。小野不只要真心对待小夜子，还要对藤尾诚实。最后，几乎没有准备与交代，藤尾就死了，留下一个充满悔恨的母亲。甲野出面安慰他的后母，保证还是会照顾她的生活，如此解决了所有的问题。

这当然不是好小说，但仍然是有价值的小说。其中一项价值在于，这是夏目漱石通过小说所进行的一番实验，虚构假想"人情"与"非人情"能够产生的最大冲突状况。在《草枕》中他以"非人情"的文字来描写"非人情"的想象世界，写来得心应手，然而到了《虞美人草》中，他却发现一般正常的文字无法描写"非人情"，甚至也无法碰触到"人情"的鄙陋。

所以他必须重新打造自己的文字，甚至重新寻找描述"人情"世界的方式。他不能用平铺直叙的方式，因为那只会矛盾地呈现一连串庸俗到不值得特别去描写的现象。他只能夹叙夹议，用诗一般的语言，抱持"非人情"的立场持续进行主观的介入，因而使得小说中充满了教训与感怀。

《心》是他晚期最成熟的一部作品，将他十多年创作小说的众多线头收束在这里，以至于如果没有读过他之前的作品，很容易便会错过这部分的用意用心。例如从《少爷》联结过来，对于《心》一开头的"せんせい"会有不同的敏感：中文翻译为"老师"，但这个人从来没有教过他，更奇特的是，他说从第一眼就觉得只能用"せんせい"来称呼这个人。

《心》从第一行直到最后，都称这个人为"せんせい"。联结《少爷》中所呈现、讨论的老师身份，意识到老师是"人情"最主要的传承者，我们会明白这么一位一看就像老师的人，他的人生为什么遭遇了这些困顿与难处。

还有《三四郎》，这部小说主要写的是一个大学生的成长遭遇。而这位主角和其他人不一样的地方则在于他有着一份强烈的直觉，认定成长中最重要的事，在于找一个真正的老师，绝对不是一般学校里替你安排的、像《少爷》里会出现的那些老师。然而如此重要的事，大部分的年轻人却都不知道。这是贯串小说的一种感慨。

《少爷》里的老师不想当老师，学生也没有想要他当老师，纯粹因为"人情"、因为社会规范，他们成为师生，硬是被绑在一起，实质上对双方都是悲剧。《三四郎》中则描写了主角替自己找到一个真正老师的过程。

关于"真心"的课题

在《心》中，叙述者"我"只是在游泳时遇到这个人，立即感觉到要接近他，而且如此坚持才使得这个人没有在他生命中消失。他从来不知道，也没有预期要和这位"せんせい"学什么。在学校里，都是固定的语文老师、数学老师、体育老师，而这位老师不知道是什么老师，"我"却固执地维持称呼"せんせい"，固执地相信一定可以从这个人身上学到神秘的、不确定的什么。

过程中他当然也会不断怀疑自问：这个人身上到底有什么如此吸引我？有什么素质给我那么大的刺激？或可以教我什

么？于是就发现，这个人最特别的是"不在这个世界里"，意味着这个世界认为理所当然的，一个人应该有的、应该会的，他身上都没有。那他为什么而活着，又靠什么而活着？

一以贯之，这个人以其"非人情"的性质吸引了叙事者"我"——又是"非人情"。然而从《草枕》到《少爷》再到《虞美人草》，夏目漱石用来铺陈、展现、探讨"非人情"的手法都不一样。《心》就更不一样了。

在这部小说中，"せんせい"的"非人情"以高度悲情的方式表现出来。小说写得很流畅，但在流畅中多有保留，话不说完说满，情节也不说完说清楚。一直到第一段结束时，叙述者"我"都还是不明白在"せんせい"身上到底发生了什么事，然而这无碍于这样一个带有浓厚悲剧气息、"非人情"的人教他很多：教他如何看待父亲之死，教他如何看待围绕着死亡的"人情"，帮助他获得了新的眼光。

《心》这部小说的三段结构，是夏目漱石作品中最"困难"的，尤其是第二段看起来似乎和前后两段都没有必然的联结关系。另外在写小说时的大挑战是：很早就让读者知道在"せんせい"身上藏着一个大秘密，却一直延后揭露秘密的时间。每多拖过一个段落，读者的好奇心就多一分，也就愈容易在揭晓时产生"原来秘密不过如此"的失望之感。

夏目漱石用不同风格的文字来解决这个问题。"せんせい"最后的信，和前面所使用的叙述文字很不一样。前面叙事者

"我"的叙述一直很流畅，换成"せんせい"的书信时就改用比较迟疑、笨拙的口气。"せんせい"带着歉意说自己很久没有写东西了，然而那样的迟疑、笨拙却同时带有一种良心挣扎的真诚告白性质。

而且那迟疑、挣扎的口气又和"せんせい"在信中说的事情相配合。这个故事如果可以很流畅地说出来，也就不会是那样的悲剧了。文字带来悲剧力量，悲剧引发我们的同情，于是读者不会落入过度期待秘密揭晓而产生的失望里，不会觉得小说结尾的揭露和自己原先的预期之间有什么落差。

这是以惊人的技巧跳过高难度的障碍，而且夏目漱石用这种方式弥补了自己在《虞美人草》里通俗剧式收场的缺憾。真心待人哪有那么容易，从百死千难中才磨得出来，要付出很高的代价。

对比之下，《虞美人草》里的处理方式近乎笑话。宗近对小野大声疾呼："要真心待人！现在就真心待人！"于是事情就成了。显然夏目漱石自己不满意这样的轻率结局，在《心》中，他重写了一次，重新将真心待人写成非常严肃、不可轻慢的课题。

"真心"与"人情"的相互矛盾

小说《心》中发生在"せんせい"和K之间的，其实很简

单——两个都和周遭现实格格不入的"非人情"的人彼此相遇。而K甚至比"せんせい"更"非人情",被提醒了自己和这个世界间最后一点点的联系都断绝了,他就没有理由要继续活下去。但对"せんせい"来说,这是一份良心的谴责,K的自杀似乎是在对他说:唉,就是因为你有那么多的人情算计,终究将一个比你更"非人情"的人害死了。

他一直背负着这样的罪恶感苟活着,无法从巨大的挫败中走出来。他甚至再也提不起勇气去追求一份"非人情"的生活。他的人生到这个时候被一个执念笼罩,甚至被这个执念定义了——他就是一个比K更"人情"、更虚伪的人。

夏目漱石刻意将整件事情的发生安排在一九一二年。那是明治天皇去世的一年,也是"明治时代"正式的结束。明治天皇去世引发了乃木希典和夫人自杀相殉的事件,进一步震动日本,产生更强烈的时代终结之感。

乃木希典的遗书中说,其实从"西南战争"[1]之后,他就是带着耻辱苟活着。"せんせい"一算,乃木希典"苟活"了三十多年,而明治天皇之死,意味着终结,给了乃木希典解脱的理由,可以不用继续活下去了。

小说中用乃木希典的故事反衬解释那种强烈的"苟活"之感:一个人的挫败感可以强烈到这种程度,让他感觉到从此之

---

[1] 西南战争:日本明治维新时期的内战,以西乡隆盛为首的士族发生武装叛乱,最终被政府镇压。乃木希典指挥的军队曾在此战争中被叛军夺走军旗,惨遭羞辱。

后不再是真实的、一般的人生，变为"苟活"或"余生"。相较之下，我们还比较容易了解乃木希典，因为他是个军人，他遭遇过军人最沉痛的打击：战争失败被视为背叛天皇，所以他以切腹为天皇殉死作为自己的终局。

但"せんせい"呢？我们能够理解发生在他身上的事和乃木希典的耻辱之间的相似性吗？这是《心》给予我们的阅读理解上的考验。不要被这部小说表面上单纯的叙述误导了，其实这部小说比《虞美人草》更深、更难读，它的难不在表面的文字，而在内里深藏的人生体会。

要真心待人必定会和"人情"冲突。"人情"抹杀个人、个别性（individuality），要求人按照集体的身份来行动，甚至来感受、来思考。所有不符合集体身份的，都应该被压抑下去，最好彻底取消。然而一个不具备个别性，连个人自我都没有的人，怎么可能有"真心"？

要以真心待人，你必须先是能做决定、愿意做决定的个人。没有个别性的人只会在"人情"中流转，永远不会有真心，因为永远不知道自己的真心在哪里。

"人情"另外一个可怕的地方是将每一个人分类，认定同一类的人就是一样的。因而使得人先入为主地将别人看作是一样的，失去了去体会他人个别差异性的耐心与能力。

当然这也正是"人情"的作用——让我们省事，不用费心去认识、去了解一个一个的人，只需要稀里糊涂地笼统知道几个大分类,记得、培养固定的对待习惯,就有自信去处理人际关系了。

"真心"不只是和"人情"相反,更重要的是,"真心"是理解他人的起点、依据。《心》中,"せんせい"告白自己年轻时误判了许多事,包括误判了小姐的用心与对他的感受,最严重的是,他误判了K究竟是一个什么样的人。真心待人没有那么容易,但拥有个别性才能形成的真心,是何等重要!

共同的问题意识

夏目漱石的"国民作家"身份,源自西方文化排山倒海地灌入日本,使得日本人近乎无拣择地想要努力赶上西方的历史情境。

先是急着"开国",接着急着"维新",然后急着"立宪",然后急着换西服、西式发型,然后急着建设西式的建筑与都市,再急着将日本的法律制度全盘改造。那些年间日本国会的纪录非常惊人,以人类历史上少见的速度,忙碌地通过了一项又一项法律,不只是数量,许多法令关系到国家、社会的根本改变,都以不可能讨论、不可能认真思考的速度,从西方传抄引进后就直接定案确立。

到夏目漱石开始写小说时,累积的变化给日本人的人生观与生活现实，带来了极其巨大的压力。夏目漱石基于他对和、汉、洋三种文化的认知，针对此时的社会彷徨矛盾，提出了可以被称为"夏目提问"或"夏目提纲"的方案，来帮助读者整理自己的处境。

贯串这几部小说的总提问是：我们应该继续以"人情"的方式过活，还是要去寻找、追求新的"非人情"可能性？

一般介绍夏目漱石的小说时，都会提到"传统"与"现代"之间的关系。夏目漱石以小说处理"传统"与"现代"并存、冲突的现象，这是事实，但这只是他和同时代其他作者共有的背景，不足以点出他的独到之处。他的小说比当时其他作者的作品要来得复杂，却又更能切中当时读者的需要，乃在于他提出了"传统"与"现代"互动的一个特殊面向，也是一个特殊方向。

夏目漱石是一个神经过敏的人，对当时进行中的变化有比别人更敏锐的感受。最重要的是，他对"现代"没有空洞的幻想，绝对不会单纯地选择"现代"。"传统"与"现代"不是他价值意识中的主要区别选项，"人情"与"非人情"才是。

"传统"不必然就是"人情"。父亲希望儿子娶舅舅的女儿，这是"传统"也是"人情"，但《草枕》中对传统绘画与古物的理解欣赏，却提供了让叙事者"我"得以摆脱"人情"的力量。在夏目漱石的第一部小说《我是猫》中，他借家中猫的视角，就是要去讽刺这些进出家中的人，个个醉心于"现代"的装模作样。在这里,"现代"是他们的"人情",是他们庸俗生活中最重要的部分,使得他们荒谬地拘执、不自由。

《虞美人草》中戏剧性的结局是小野的转变。他在"传统"的京都长大,到了东京之后转而拥抱"现代",所以孤堂老师和小夜子来找他,对他来说简直就是他已经抛弃了的过去如噩梦般复活了。如果用"传统"和"现代"来划分的话,那么小野已经选择了"现代",坚决要将"传统"抛在脑后,但很明显地,夏目漱石没有要将这样的选择写成正确的、值得肯定的。

小说结尾宗近将小野拉回来时的教训是:"要真心待人。""现代"成了小野的"人情",使得他虚伪。那都是外表的炫耀,成了他的包袱,使得他无法面对真实的自我,更使得他处处受这种"人情"的捆绑。

"现代"不必然带来自由,"非人情"才能使人自由。"非人情"是日本人要得到新的个人主义精神所必经的追求。这是"夏目提纲"最主要的意涵。

《三四郎》的人情角力

《草枕》用比较天真的方式给出提案,呼吁人要去追求"非人情"的自由生活,但夏目漱石不会停留在此。之后的几部小说中,他分别从不同的角度审视:在现实环境(而不是《草枕》中那种半梦幻的情境）中，我能够拥有的"非人情"选择是什么？选择与追求的过程中，我又必须付出什么样的代价？

每一部小说都环绕着"人情"与"非人情"的角力、对抗，提出了新的论题，给读者带来了新的刺激。《草枕》是最具概念性的，之后的其他小说则是"实存的"：在生活实际的条件下展开"非人情"的挣扎。

《三四郎》这部小说的实存条件，是东京大学。来自熊本乡下的三四郎到了东京，进了东大，遇到两个"非人情"的代表人物。一个是沉浸在物理学研究中的野野宫，他想的都是如何理解光的现象，光的粒子与波的现象如何统合，又要如何测量光的质量。他将自己投注在科学的研究中，过着一种"非人情"的生活。

虽然他在国外的物理学界很有名，但在日本没有人认识他，整天邋邋遢遢地活在地下室里。从一般"人情"的角度看，野野宫简直就不存在。

另外一个代表性的角色是广田老师。他读了很多书，很有学问，然而在生活上，他只是一个高校老师，没结婚、没有家庭，也不对外发表他的学问与思想。这就是他选择要过的日子。野野宫是因为投入于科学所以离开了"人情"，广田则是纯粹由于不愿被日本社会的集体压力拘束，所以选择了一种和社会保持距离的生活。

来到东京的三四郎，从一个理所当然的"人情"社会转而受到了"非人情"的洗礼、冲击。他开始觉知到有像野野宫、广田那样"非人情"生活的可能性。而进一步诱惑他朝向"非人情"的力量，和野野宫、广田的情况都不一样，是他遇到了、爱上了美祢子。

他想要接近美祢子，而她是一个不按照日本社会人情行事、表达的女子。三四郎和美祢子两次在池畔相遇（所以后来这座池塘变成了"三四郎池"），对他来说像是在生活中开了一扇"非人情"的窗口般，能够看清楚不同于"人情"的真实存在样貌。

借由追求美祢子、想象和美祢子在一起的生活，三四郎得以碰触到原先野野宫、广田在他心中挑起的模糊欲念，能够进一步接近"非人情"的生活。最有趣、最精彩的是小说的最后几章，三四郎依违、犹豫于"人情"与"非人情"之间，还弄不清楚该如何选择时，突然一切就来不及了。

三四郎以为自己要选择、可以选择，然而他忘了，在和美祢子发展出来的"非人情"关系中，不能如此"人情"地假定。他还没选择，就先被选择了。是美祢子先做了选择，美祢子逗着三四郎，和他绕着"非人情"的边界走了一遭，却回去了，选择回到"人情"的那一边去。

关于这个意外的结局，小说中铺设了一段伏笔。在三四郎和美祢子最为亲近的场景中，两人谈到了迷失的人。三四郎不知道英文里对这样的人如何称呼，美祢子告诉他是"stray sheep"（迷途羔羊）。到后来，美祢子决定还是嫁给地位很高的哥哥的朋友，三四郎知道了，小说中表现他的感叹，就是以片假名写出了外来语"stray sheep"。

有意思的、复杂的是：谁是迷途的羔羊呢？要判断是否迷路了，首先得知道正途在哪里，离开了那一条正途，所以stray，偏斜了。但在小说里，没有明确的答案，恐怕要问读者吧，而且每个读者心中会有不同的答案。

也许是三四郎对自己处境的感慨：啊，我差点被你引诱进入歧途，没想到你自己先走回原路了。也可能是三四郎对美祢子的惋惜怨叹：你竟然如此离开了更有意义的正路，随着世人迷路了。

你会如何选择，或说哪一种感觉比较接近你从《三四郎》小说中读到的呢？扩大来看，在人生每一个转角之处，遇到有关"人情"与"非人情"的选择，什么才是正确的答案呢？最真确的，是每一次都很难有明白的答案，每一次都要在究竟哪一条才是正途上反复思量、反复自我挣扎。

早期三部曲——《三四郎》《后来的事》《门》

日本近代文学研究者，很早就将夏目漱石的三本小说归为"早期三部曲"——《三四郎》、《后来的事》和《门》。这几部小说都清楚贯彻了夏目漱石对于"人情"与"非人情"的探讨。小说徘徊在"人情"与"非人情"之间，逡巡往来，没有确定的答案。夏目漱石的立场，绝对不是简单地向大家鼓吹抱持浪漫的理想去追求"非人情"就好、就对了，而是以冷静甚至近乎冷酷之眼，凝视人在"人情"与"非人情"之间可能的复杂处境。

《后来的事》书名的原文"それから"（从此之后）来自全书的最后一页，主角代助的父亲叫他哥哥来传话说："你所做的决定，我们完全无法接受。"什么样的决定？代助爱上了有夫之妇三千代，三千代的丈夫，写信去告了一状，所以父亲要哥哥来传信。首先确认有这么回事："你真的要夺人家的妻子，娶人家的妻子？"代助承认了，哥哥进而转达："如果是这样，第一，从此之后，父亲和你断绝关系；第二，从此之后，我也不会再见你。"

在忽忽如狂的状态下，"从此之后"代助的人生彻底改变了。他原先是个纨绔子弟，什么事都不做，现在他必须出去找工作了。

小说的写法很奇特，因为"从此之后"是一段新的人生，而且应该充满考验，会有许多波折的阶段正要展开，然而小说却就在这里结束了。换句话说，小说的内容根本不是"从此之后"，而明明是"在此之前"。小说描述、交代了为何会有这样戏剧性的人生转折点出现。

要在另一部小说《门》里，才能看到"从此之后"发生了什么事。《后来的事》的主角是代助，《门》的主角则是宗助，不是同一个人，然而故事却是延续的。《门》里的宗助是抢了朋友的妻子，和他爱上的这个女人结婚了，让我们看到这样的婚姻会是什么样子。

从《后来的事》到《门》，有着一贯的阴郁压力，探触到了讨论"非人情"时不该忽略、规避的大问题——违背"人情"带来的罪恶感。

《后来的事》中的代助和平冈年轻时是同学，同时认识了三千代，也几乎同时爱上了三千代。但缺乏勇气追求的代助，在三千代的哥哥去世时，接受了平冈的拜托，怂恿劝说三千代嫁给平冈。

代助到三十岁都还过着依赖父亲和哥哥的生活，这种态度源自他个性中一种强烈的"非人情"的信念。他认为如果抱着功利的心态去从事任何工作，对自己的生命价值都是一种侮辱。忠于原则，他只做本身便是目的的事，所以基本上只是读书度日。

不过再读下去、读进去，我们明白了他采取如此激烈、不近情理的生命态度，其实是对于自己的一份惩罚——惩罚自己在那个关键时刻，不敢忠于自己的爱情，将自己爱的人送给了好友。那一刻的"人情"考虑，使得他失去了三千代，因而他用这种绝不妥协的"非人情"态度来作为补偿。

然而后来平冈的事业出了问题，带着三千代过来投靠他，代助就再也无法欺骗自己能够安于过这种"非人情"生活，他决心要将三千代抢过来。

已经自认看破"人情"、因"人情"而付出极高代价、立志从此只过"非人情"生活的人，现在要回头破坏固定的"人情"去将爱情拾回来，这是代助的决定，而小说就结束在这里，他并不知道接下来要如何过活。

悬而未决的结局

《后来的事》的代助对自己过去背叛爱情有一份无法排解的罪恶感，因而刺激他决定去将三千代抢过来；《门》里的宗助则是在真的将所爱之人抢回来了之后，产生另一份罪恶感。

他的罪恶感是针对朋友，也是针对"人情"的。

为什么冷门的《草枕》是理解夏目漱石的重要入门？因为这部小说相对简单，呈现了一个人去追求艺术、追求美，也就得到了的过程。然而夏目漱石当然知道日本社会不是那样的一种简单环境，真实的社会中有许多具体、细腻的成分，在那些成分的交错中组构、形成了日本。

一个欧洲人面临爱情选择时，不需要去处理这些问题。一个英国浪漫主义诗人爱上了朋友的妻子、夺走了朋友的妻子，他不需要有那样一种被社会凝视、议论的罪恶感。但日本不是那样。

作为"国民作家",夏目漱石处理的是日本人受到西方影响后,在追求自由的过程中,许多躲不掉、绕不过去的难题。想要有自由,然而自由却不可能在没有代价的情况下降临到你身上。因而一个日本人,必须比一个西洋人、比一个文化想象中有着超脱生命态度的中国人,还要更勇敢、更决然地去面对。

《心》的第一部中,叙事者"我"遇到了"せんせい",就像三四郎进入东大之后接受了"非人情"的洗礼。他直觉认为在这个"せんせい"身上,可以找到一种自由。

然后进入第二部,他的"非人情"追求被放入极端的"人情"情境中接受考验。最"人情"的场面之一,就是父亲即将去世,该如何面对?"人情"严格规定,这时候不只有固定的行为礼仪,而且有固定的严肃、悲哀心情,不可以、不可能是别的,没的商量。

然而他遇到的现实情况却非一般,简直弄成了闹剧,还能照着原本"人情"的要求演吗?不那样演又如何承担"人情"上最严厉的指责?

小说结束在他搭火车要回东京时,态度游移,被打开了一扇窗,看见了"非人情"迷魅的自由世界,然而又体会了"非人情"之不易,并不是主观上要追求就能得到了,中间有太多的牵扯,必须付出许多无法确知的代价。那该怎么办?

这三部曲里的主角都陷在这样的两难中。而当时很多日本人都或多或少受到同样的考验，夏目漱石以一部接一部的小说将这个普遍的大问题揭露出来，触动了那个时代的集体困惑。尤其是在他的小说中不给简单的答案，所提供的毋宁说是将许多人内在潜藏的自己都不明白来由的不安，进行的具体的显影刻画。

这不是让人读了觉得心安的小说，他将读者引入一个悬疑迷宕的情境，然后就放在那里，读者必须自己摸索着找路，找自己的路，出来。这是他作为"国民作家"给予那个时代最大的贡献，反映许多人心中的疑惑，却不自作聪明，给简单、普适的答案。

《三四郎》结尾时，三四郎只知道他失去了美祢子，只能发出"stray sheep""stray sheep"的感叹。《心》从时序上看，情节结束在第二部最后，主人公坐上了去东京的火车，然后第三部是在火车上读到"せんせい"之前写了的长信。我们跟着他读完了老师的信，大概也明白了他去到东京也见不到老师了。

都是将读者放在一个没有答案，因而让人感到心神恍惚的状态中：我们进入了这些角色的迷惑，他们的迷惑通过小说很自然地变成了我们的迷惑。他现在知道了老师为什么会成为这样的一个人，但这件事弄清楚了，他自己的选择问题才要进一步展开。

读到最后的感觉，不会是恍然大悟："喔，原来是这么一回事啊!"这不是夏目漱石写小说的方式。你被情节悬在那里:回到东京是决战,是和自己的决战,老师不在了,只剩下自己去面对父亲、家庭、这个时代的标准答案,以及这个时代终将逝去的巨大变化。你只能自己去面对、去做决定。

夏目漱石笔下的女性

夏目漱石小说中的女性角色很抢眼,早期对于他小说的评论意见,经常放在他如何呈现女性上。其中一种常见的看法是,他的女性角色很不写实,倾向于理想化。那个时代真实的女性不会那么有个性,也不会那么复杂。

不过对这样的看法,值得从两方面多做思考。第一是从明治到大正快速激烈的变化,产生了许多奇特又方生方死的现象。既有的规范被动摇了,外来的元素以去除了脉络无系统的方式涌进来,刺激了许多浮想联翩的反应,他们以为是西方的,后来进一步认识才知道是对于西方的误解,因而这些又被快速放弃消失了。

因此不能太理所当然地假定那样的时代不会出现什么。例如中国台湾到二〇二〇年才认真讨论"通奸除罪化"的可能,而八十几年前,日本就有京都大学的法学教授提出了实质的对女性"通奸除罪化"的主张。

第二是以男性的身份看，夏目漱石对于女性，当然必须依赖更多的想象。如果说他对于女性想象过度的话，与其视之为他的缺点，还不如探索他对于女性的错误想象发生在哪方面。

他的女性角色不够立体是事实，但很少是那种通俗的平板形象，写出一般传统里假设的那种样板女性。

夏目漱石在小说中给了女性角色很大的篇幅，而且写得很抢眼。那美小姐和美祢子都具有奇特的野性与自由性格。她们总是打破了传统的限制，在不应该出现的地方出现。光是她们出现就已经带来了一份刺激。

《后来的事》里的三千代虽然出场的时间不多，然而每次出现她都展现了一份比代助更干脆的决断，对于爱情、对于自己的人生，有着视死如归的勇气。

即使是在今天的环境中读到这些角色，都还是会让我们惊讶，就更不用说那个时候夏目漱石的作品给日本读者带来的震撼与吸引了。

第六章

夏目漱石与
　后世文坛

东京大学"三四郎池"

如果去东京,会去东京大学看看吗?去看看那在日本历史上具有强烈象征意义、象征着精英人才产出处的"红门",看看和台大有着类似风格的校园。台大校园中有一座"醉月湖",那其实是个小池塘;东大校园中也有一个饶富风味的池塘,叫作"三四郎池"。

在东大刚成立时,这座池塘有一个蛮无聊也蛮实际的名字——"育德园心字池",指出了池塘呈现"心"字形,然后加上今天听来比较像是幼儿园招牌名的"育德园",那是周围林子的名字。

如果现在去东大,找任何一位老师或学生打听"育德园心字池",应该没有人知道你在讲什么。对他们来说,那座池塘就是"三四郎池",不会知道、不会记得还有别的名字。

从"育德园心字池"到"三四郎池",关键就在于夏目漱石的小说《三四郎》。

东京大学和京都大学是最早成立的两所"帝国大学",但两所机构的性格,在日本历史上的地位、角色,却大相径庭,甚至从校园的风格中都能够立即感受出来。很多人去过京都,但应该很少人去过京都大学,我也很犹豫要不要推荐大家去京都大学走走看看。

因为京大真的太特别了,特别到绝对值得一访,却又绝对不适合作为观光景点。大部分去京都观光的人都会经过京大,却大概都不会下车,往往也不知道自己经过京大了。那是在前往银阁寺的路上。

我自己习惯的、算不出来走了几十次的走法,是在"百万遍"下车,朝着往银阁寺和哲学之道的方向走,然后看到"进进堂"的招牌,那是极有趣有味道的面包和咖喱饭名店,简陋却大气,是京都大学师生百年来的固定聚会处。因为京都大学就在"进进堂"对面,每次从"进进堂"门口越过马路看京都大学的校园,我都还是觉得不可思议,怎么会在日本和式美学最中心的地方,出现了一座那么丑的大学?

京都大学甚至比台湾大部分的大学还要丑,放在世界名校中比较的话,大概只有美国的麻省理工学院在建筑不讲究美学安排上,得以和京大相比。然而这么丑的校园,还是值得来,因为值得对其致敬。

因为京大校园的丑,不是源自疏忽,不是缺乏美学意识而产生的。京大的丑是故意的,是有其信念上的来历的。

刻意打造的粗陋校园

京都大学在东京大学之后成立,一八九七年成立时,明治维新时期形成的关东、关西间的紧张局面已经很严重了。京都所在的关西，有着很强烈的相对被剥夺感。原先它一直是天皇所在之处，象征性地形成了带有神圣性与美学艺术品位的中心，抗衡政治实权与经济活力所在的关东江户。但是在"王政奉还"之后，政治实权竟然非但没有转移到京都来，反而连天皇都搬到新改名的东京去了，京都变成了一处历史遗迹。

这一冲突主导下，京大从成立之初，便有意识地要和东大不一样，甚至说有意识地和东大对着干都不为过。而他们也真的就在这个教育与学术的机构中，靠着长期不懈的努力，建立了知识上极为强大的"京都学派"。

东大是一所了不起的大学，尤其在培养、训练现代日本的官僚人才上，但如果论知识上的成就，东大却是远远不及京大的。日本第一位诺贝尔奖得主，物理学家汤川秀树，是京大的教授，在京大建立了以"粒子物理"为核心的坚实学派。化学方面一直到现在，包括 LED 显像研究在内的好几个领域中，京大都得以在国际上居领先地位。几乎每一门学科，在日本知识界都有特别的"京都学派"，有些"京都学派"的成就走出了日本国内，产生了世界性的影响力。

刚刚提到了去京都观光旅游必访的哲学之道，这条沿着疏水道而设的小路之所以得此名，源自哲学家，也是京都大学教授的西田几多郎。西田几多郎主张，我们每个人身上都带着许多特权，来自社会关系上的种种先入为主的偏见，这些具有不言而喻的先行性的偏见轻易地构成了"我",然而这个"我"同时也就成了阻碍人真正去探索、认识"本我"的最大因素。所以要认识"本我",首先必须理解、判断,那个"我"不是"我",才有机会超脱那固定的、偏见的"我",继而去探寻"本我"。

这是贯穿不同领域"京都学派"的知识信念,也是京都大学校园创建的根本守则。先要去除所有固定偏见的特权,才能探触知识、学问上的真理。因而京大的建筑与校园,便以剥除任何表面虚华为守则,刻意打造出了一所真的很粗陋、很丑的学校。

不追随潮流的京都大学

一九三三年发生了轰动全日本的"京大事件",充分显现出"京都学派"昂扬的反抗意识,在军国主义发展的潮流中,形成了逆流、清流。从此之后,京大成了军国主义的眼中钉,而京大也不畏惧地不断提出挑战军国主义的主张。

"京大事件"的核心是京大法学院教授泷川幸辰,提出了在当时难以想象的法学意见。他认为应该全面修改日本的刑法,规定夫妻中只有妻子可以告丈夫通奸,倒过来丈夫却不能告妻子犯了通奸罪。

泷川幸辰所抱持的,其实不是法学立场,而是法哲学立场。从法律成立的根本道理上看,泷川幸辰认为,法律应该是要保护并协助弱者的。在婚外通奸这件事上,男人明明已经拥有社会与风俗的默许、保护,不需要更不应该再得到法律的支持。相反地,社会、风俗已经在通奸这件事上对女性极其不利,作为公平措施,法律应该站在女性这边。

这是激进的意见,属于很高层次的法哲学讨论范围,然而很快地在军国主义崛起的环境中变质了。泷川幸辰的主张被冠上了一顶大帽子,说那就是允许女人通奸、多夫。

举"京大事件"的例子只是要说明,在军国主义的笼罩下,京都大学都没有从众屈服,坚持保持自身不一样的思考路线。而且这种精神,一直维持到现在。

我说过很多次的亲身经验:一九九七年我到京都,去了京大,一进门就看到贴得满满的海报,一眼瞄过去知道了——这是京大创校百年的特殊时刻。但再仔细看一下那些海报的内容,我愈看愈不敢相信自己的眼睛,因为绝大部分都不是在表达庆贺之意,而是宣传各式各样的活动,而活动的内容充满了批判性。

我在京大待了两天,感受校园的气氛,还去参与了几场活动。整个校园里没有敲锣打鼓,没有歌功颂德,没有放烟火炫耀百年来的成就。有的是一场又一场的自省检讨,简直近乎自虐地反复问:过去百年中,我们犯了什么错误吗?

而最为集中、突出的检讨,一项是"二次大战"期间京都大学和军方、和战争之间的关系，另外一项则是京都大学曾经参与日本殖民扩张的历史。其中有一场，主讲的教授在台上慷慨陈词，说明京大在发展过程中，曾经有一段时期极大受益于日本的"殖民政策"，因为这样，京大对于日本"殖民政策"的批判，远远不如有矢内原忠雄的东京大学。

以我有限的日语听力，只能听懂五六成吧，但重点够明白了，他所说的"殖民政策"，就是占领台湾。他不会知道台下有一个来自台湾的人，听着他诚挚表达京都大学应该道歉，而热泪盈眶。

这是一所什么样的学校！他们如此认真地看待知识、看待"学术殿堂"的地位、看待集体的良心。其实和不同时代始终与日本政府关系密切的东京大学相比，京都大学够干净、够清高了，然而这所大学的学风便是不以此为满足，仍然随时警惕，不要让自己陷入自满，做出站到良心反面的事来。

一次又一次去拜访京大，包括看着那奇丑无比的校园，都让我得以再次得到验证，确实存在着这样一块知识与学术的净土。

军国主义时代的来临

第一次世界大战给日本带来了"上冲下洗"的两极反应。当这场战争还是"欧战"，还没有因为遍布全球的帝国主义殖民地而扩展为"世界大战"时，日本就以和欧洲国家有联盟条约为理由参战了。此时日本人的心情是昂扬振奋的，感觉日本真的加入了欧洲，得到和欧洲国家平起平坐的地位。

而且参战给日本经济带来了需求刺激，从农业到工业的生产量都提升了，市面上也呈现一片繁荣。不过一九一八年战争结束，再到一九一九年召开巴黎和会，情况却快速逆转。

在日本国内，战争需求突然消失了，从扩张经济一下子变成紧缩经济，日本政府没有足够的能力预见，更没有能力处理这样的变化。在国际上，日本发现巴黎和会的主角仍然是美国、法国、英国，没有人真正将日本视为可以插手国际事务的要角。

失望、幻灭带来了国家定位与策略的调整。日本不可能挤进欧洲列强之林，日本毕竟是亚洲国家，必须回到亚洲、经营亚洲。而要回到亚洲，立即浮上台面的，一定是中国问题。

如此刺激了日本军国主义的主要信念——必须准备好诉诸武力，取得中国问题上的主导权，才能整合亚洲来对抗欧洲。光是在中国扶持亲日的政权，显然不足以提供给日本回到亚洲发展的保障。过去希望借由介入中国革命、借由对北洋政府施压来取得利益的主张，从新的亚洲布局角度看，太保守了。

日本军方的势力愈来愈大，连带地对中国政府的评价愈来愈低，逐渐形成了"大东亚共荣圈"的架构，它建立在两项基础上：一项是必须以"大东亚"为范围，只有这样才能对抗欧洲，才能提供给日本足够的"生存空间"；另一项则是日本必须以武力为后盾，在亚洲各地建立可被日本操控的政权，彼此联合起来构成"共荣圈"。

这是夏目漱石去世（一九一六年）之后的变化，换句话说，几乎就在夏目漱石身后，日本的文学环境快速进入了新的阶段，一个因应军国主义兴起而为之衰颓的阶段。军国主义强调集体纪律，必定一步一步收缩自由。没有了得以发挥的自由，文学和其他的艺术，在军国主义下很难有所成就。

夏目漱石生前，已经取得了"国民作家"的荣崇地位。进入军国主义时期，取而代之的是"战争作家"，进行着种种"奉命文学""宣传文学"的写作，再也不会有表现平民共同情感与追求的"国民作家"了。

到什么时候才再有日本"国民作家"出现呢？那要等到二十世纪五十年代了。第二次世界大战结束，日本无条件投降，经历了美军占领时期，等到"五五体制"成立，日本有了自己的民主政府，于是长期被压抑的文学，堂皇地进入了一个新的黄金时代。

"国民作家"——吉川英治、松本清张

吉川英治是这个时代的"国民作家"，他的代表作是《宫本

武藏》，虽然是一九三九年出版的，却在二十世纪五十年代重新流行，大受欢迎，复活了在美军占领时期被严格管制的武士道。《宫本武藏》平反了武士道，让武士道得以摆脱军国主义思想元凶的定位，通过宫本武藏的个性与故事，重新显现可爱并可信任的性质。

美军占领期间，日本电影开始复苏，可是在这段时间拍摄的电影，受到了美军总部一些奇特的规定管制。一种是如果电影里有男女接吻的镜头，可以获得优先放映的待遇。这是美国人认定能松解军国主义、为日本人灌输"自由精神"的一种手法。还有，电影中绝对不允许出现富士山，就连长镜头远拍火车经过，后面带到富士山时都必须剪掉。如此严格防范富士山，是因为美军认定富士山是日本武士道最主要的象征，绝对不准许武士道有任何借尸还魂的机会。

美军占领是日本历史上一段既神秘又黑暗的时期。大江健三郎在一九三五年出生，大战结束时他十岁。在他的文集《为什么孩子要上学》（又译为《在自己的树下》）中，他记录了自己当时最强烈的感受。老师前几天还在反复恶骂美国、诅咒美国人，突然之间，同样的老师却改口要他们去排队欢迎美国人，而且对美国人与美国事物显现出一种拥抱、谄媚的态度。十岁的男孩无法接受这样的变化，因此他决定不要再去上学了。

那是最扭曲的集体反应，在日本人心中留下极为深刻的伤痕，让他们很难坦然面对。很多人批判日本人不能诚实反省发动战争、侵略中国的历史，其实如何幡然放下所有抵抗、转而巴结来占领的美军的历史，对他们来说同样甚至更难诚实面对。

吉川英治替日本人拾回了武士道，重建一点文化上的信心，可以肯定、确认日本文化，甚至是被视为军国主义罪源的武士道都不是没有价值的。从《宫本武藏》流行，到后来《盲剑客》等剑侠电影大受欢迎，日本的传统得以在战后的社会中留有一席之地，没有因为战败而被完全否定。

吉川英治将武士道和血腥、残暴的砍杀区分开来，强调其精神面，以紧凑、精彩的情节让读者不只佩服宫本武藏的剑术，更崇尚他的智慧与人格。

同样在美军总部撤离后，昂然又崛起了另一位"国民作家"，那是开创"社会推理派"的小说家松本清张。"社会推理"最大的特色是借犯罪事件探讨"到底什么是犯罪""人为什么会犯罪""什么样的罪应该受到什么样的惩罚"。

四十多岁才出道的松本清张，为什么能够如此暴得大名？他最早的几部小说为什么如此轰动？因为他的小说以那仿佛在黑雾中的美军占领时期为背景，写了日本人在那种屈辱情境下的极端选择。为了活下去而奉承、服务美国人，过着一种扭曲的生活。等到终于能够恢复比较正常的人生了，他们不愿、不能回顾，不敢承认自己在那段黑雾时期的所作所为。

松本清张小说里的罪犯，都不是我们一般想象中的那种会犯罪的人。他们杀人的强烈动机在于想要保护自己好不容易得到的正常生活，绝对不能容许过去的行为被人知道，为了掩藏最为不堪的过去，不惜诉诸最极端的手段。

松本清张写的，不是那种探案追查"who done it"（凶手是谁）的推理，而是要追查犯罪动机，从中逼着日本人去思考：经历了这么大的混乱之后，日本要如何重建正义价值观，要如何检讨罪与罚之间的适当法律关系？

松本清张用通俗、易懂的推理类型方式，传递了让人不安的阅读经验。他的小说实际上违背了推理小说读者的娱乐期待。从娱乐的角度，推理小说最大的作用是以一桩案件的谜团引领读者，使之专注地去跟着办案寻凶，最后真相水落石出得到满足，如此有效地杀时间，又能在最后得到良好、安慰的感觉。

满足的一部分来自得到明确答案后，读者就可以离开这部小说，不需有什么悬念牵挂。然而松本清张的小说，却必定会留下一些没有充分解释，或是无法解决的问题。依照推理的惯例，当然到最后会破案，弄清楚犯案的过程，可是得到这答案的同时，松本清张必定会探索、揭露复杂的动机。于是留下的、不可能由小说完全解决的，是读者如何评断犯案者及其动机。

一旦知道了犯案者的人生历程、他在犯案时的所思所想，你会同情他吗？你应该同情他吗？这不是小说里会有的提问，却是我们读小说时难免在心头纠结的。

和松本清张一起高举"社会推理派"大旗的另一位名家森村诚一有部名作，书名是《人性的证明》。是的，他们写的犯罪内在，是人性，而且是读者同样具有的普遍人性。如果是你被放在小说里的那种情境中，经历了战乱苟活的痛苦，好不容易在战后的日本社会为自己挣得了一份安稳的生活，现在出现了一个知道你的过去、有可能揭露你的过去而使你完全失去既有的来之不易的安稳平静的人，你会怎么办？尤其是出现了一个机会，你可以让这个人、这份威胁永远消失，你会抓住这个机会，还是放掉这个机会？

对，是你，而不单纯是小说里的犯罪者在经受考验。这是人性，小说要写的是你也有的那份人性。

"国民作家"——司马辽太郎、宫部美雪

战后另外一位名气响当当的"国民作家"，是写历史小说的司马辽太郎。他重新改写了从"倒幕"到"维新"的这段历史。以他的畅销历史小说，司马辽太郎从实质上改变了日本人看待这段历史的方式。

在司马辽太郎之前，这段历史的重点在于强藩的作为，在于强藩出身、后来在新政府中握有大权的人物，如伊藤博文、大久保利通等人。然而司马辽太郎扭转了历史的视角，转而去刻画那些奔走追求倒幕的武士，尤其是像坂本龙马这样的脱藩武士。

他以坚实的历史研究，而不是天马行空的虚构想象，写出了三十一岁就被暗杀的坂本龙马戏剧性的一生。另外还有为倒幕奔走的吉田松阴，他更年轻，二十九岁就被处死了。

那么短的一生，能做什么？司马辽太郎就能让你身临其境地了解他们如樱花盛开随即凋落，或如彗星闪现即逝的一生，有多么精彩又有多么关键。是他们，而不是后来的那些大佬，创造了历史，真正改变了日本。

从此之后，坂本龙马的名声与地位，远远超过了大久保利通。坂本龙马的故事多次被改编为电视剧、电影，他行迹所至之处，从长崎到京都，创造了多少观光景点！司马辽太郎彻底改变了日本人理解这段历史的方式。

"国民作家"不是一个正式的奖赏，不过在日本要被公认成为"国民作家"很不容易，必须在文学上有很高的成就，又必须写得出多本畅销书，以销量证明在社会上的巨大影响力，另外，还要能够表现出特殊的时代意义，表现日本人模糊感觉到但还未能完全描述出的一种时代变化。

像是宫部美雪便是以《模仿犯》这部小说，取得了"国民作家"的候选人身份。《模仿犯》写的是"后泡沫经济时代"中的一种集体心态。一九九〇年的经济泡沫化，在日本社会中产生的最强烈、最无从排解的感受，是令人窒息的无聊。宫部美雪以惊心的情节暴露了一种为了排解无聊而产生的犯罪动机。罪行令人发指，但更恐怖的是刺激罪行的动机，是那一整代人的无聊。

宫部美雪正视了这样一种阴暗的日本"新国民性"的崛起、成形。

日本是一个集体重视读书的社会,因而他们的作家能够对社会产生的巨大影响,是我们在中国很难想象的。

明治时期的明与暗

夏目漱石十多年的小说创作之行,于一九一六年戛然停止了。我们可以确认走到人生尽头因为严重胃溃疡而去世时,他在小说上的爆发能量其实都还没有用完。

明白的证据就是夏目漱石的最后一部小说——连载到一半没有完成的《明暗》。小说书名联系上了前面提到的主题,人的外表与行为是"明"的,然而行为的动机和想象却是"暗"的,生活就是一连串无止境逡巡、穿梭在"明"与"暗"之间的过程,不断对应对照着"明"与"暗"的关系,有时化"暗"为"明",有时由"明"来探测、猜想"暗",当然更多时候是"明"与"暗"之间存在着理不清也固定不下来的连环变化。

"知人知面不知心",需要对人心揣想、探询的情况不是只存在于路人、点头之交之间。小说中夏目漱石动用了好几组一般被认为是最亲近的关系,包括夫妻、兄妹、父子、过往的情侣……——展现这种状况的众多曲折变化。

使人心更难掌握的,一方面是拘执、固定的"人情"规范与预期,另一方面是介入在"人情"中带有最强烈腐蚀作用的金钱。要如何突破"人情"的拘束,表达自己内心真实的感受,甚至确认自己内心真实的感受?要如何引诱出他人心中的想法,从他的外在言行中解读出复杂且多变的信息?要如何在重重"人情"规定约束下讨论、处理现实的金钱问题,不让金钱发出冒犯人的俗味,又能解决环绕着金钱的种种算计与争执?每一个角色,都随时抱持着这样的连环困惑周旋在人际关系中,构成了小说最主要的情节动能。

而且夏目漱石将这样的心理纠结,放在大正初年的时代背景中,可以看作是他对自己所亲历的"明治时期"的一份评价与检讨。明治维新有其高度成就,快速地将日本从封闭锁国的传统社会改造成可以和欧洲强权国平起平坐的现代国家,然而自从日俄战争结束之后,被藏在光灿成就背后的暗影,就愈来愈不容忽视地挑衅和困扰着日本了。

快速西化、现代化的列车轰隆向前行驶,沿途抛下了多少跟不上掉队的人!就连登上列车的人,看着窗外急速后退的风景,也不免感到陌生心惊,不确定自己到底该怎样身处在全新的环境里。过了维新前期、中期的集体兴奋骚动,明治末年整个社会陷入了很不同的低压、焦虑情绪里,进入了必须从根上重塑自我来适应变局的新阶段。没有人知道新时代的父亲应该对儿子承担多少责任，没有人知道各种内外亲戚现在应该如何互动，甚至没有人知道应该如何处理和自己选择的配偶之间的关系。更麻烦的是，没有人知道该或不该对那些显然成为时代牺牲者、在变化中滑落到社会边缘的人伸出援手，或者还能对他们采取怎样的态度。

夏目漱石在小说中准确地反映了明治末年到大正初年，日本人内在的冲突心理，那里存在着另一种"明"与"暗"的对比——光鲜的国家形象与晦暗的社会代价。在那里也存在着另一种"人情"与"非人情"的纠结，没有了传统"人情""义理"的指引、保障，人与人之间的任何言行互动于是都变成了似真又假、非真非假的深刻谜团，包围、困扰着活在那种情境中的所有人。

我们永远不会知道未完成的《明暗》到底被安排了怎样的结局，然而，残存的丰富文本却已经向我们传递了极其清楚的关怀，在一场一场充满张力的对话与互动中，夏目漱石展现了他超乎常人的洞见，翻转了原本的"明""暗"，有效地揭露了心理的细腻、吊诡的运作内幕。

夏目漱石年表

1867 年	出生	2月9日出生于江户牛达马场下横町（现新宿区喜久井町），本名夏目金之助，是家中的幺子。父为夏目小兵卫直克，母为千枝。
1868 年	1 岁	成为新宿名主盐原昌之助的养子。
1873 年	6 岁	养父调任为浅草里长，迁居浅草诹访町。
1874 年	7 岁	由于养父母感情不和，暂时回到生父母家，之后与养父同住。12月，就读浅草寿町户田小学。
1876 年	9 岁	养父母离婚，与养母一起回到生父母家，转往市谷柳町的市谷小学就读。
1878 年	11 岁	2月，在与友人创办的《回览》杂志上发表《正成论》。10月，就读东京府第一中学。
1881 年	14 岁	1月，生母千枝去世。为了学习汉学，转至私立二松学舍就读。
1883 年	16 岁	9月，为了准备大学预备学校考试，就读成立学舍，学习英文。
1884 年	17 岁	与友人桥本同住于小石川极乐河边的新福寺。9月，考上东京大学预备学校，同学有中村是公、太田达

人等。

1885 年	18 岁	与中村是公等十人在神田猿乐町的末富屋租屋同住。
1886 年	19 岁	4 月，东京大学预备学校改称第一高等中学。7 月，罹患腹膜炎，因无法参加升学考试而留级。后于江东义塾兼职教课，迁居至该校宿舍。
1888 年	21 岁	1 月，复籍到夏目家。7 月，自第一高等中学预备科毕业，就读同校本科，主修英文。
1889 年	22 岁	1 月，初识正冈子规，受其影响而开始创作。5 月，在评论子规《七草集》时首次使用"漱石"之笔名。9 月，创作汉诗文集《木屑录》。
1890 年	23 岁	7 月，自第一高等中学本科毕业，就读东京帝国大学文科大学英文科。
1892 年	25 岁	5 月，担任东京专门学校讲师。7 月至 8 月，与子规一起在京都、堺、冈山、松山等地旅游，结识高浜虚子。
1893 年	26 岁	7 月，自东京帝国大学英文科毕业，继续就读研究生院。10 月，于东京高等师范学校担任英语教师。
1894 年	27 岁	12 月，于镰仓圆觉寺参禅。罹患神经衰弱症。
1895 年	28 岁	4 月，至爱媛县担任松山中学的英文教师。12 月，回到东京，与贵族院书记官长中根重一的长女镜子相亲，订婚。
1896 年	29 岁	4 月，至熊本县第五高等学校担任讲师。6 月，与中根镜子结婚。7 月，升为教授。

1897 年	30 岁	生父小兵卫直克去世。
1898 年	31 岁	11 月，于《子规》发表《不言之言》。
1899 年	32 岁	5 月，长女笔子出生。6 月，升为英文科主任。
1900 年	33 岁	6 月，奉教育部命令，带职留学英国伦敦两年，接受克雷格教授指导。
1901 年	34 岁	1 月，次女恒子出生。受池田菊苗影响，开始计划写作《文学论》。
1902 年	35 岁	神经衰弱症加重。9 月，子规去世。10 月，至苏格兰旅行。
1903 年	36 岁	1 月，回国。4 月，担任第一高等学校讲师，同时兼任东京帝国大学英文科讲师。7 月，于《子规》发表散文《单车日记》。10 月，三女荣子出生。
1904 年	37 岁	12 月，接受高滨虚子的建议，由虚子于写作会"山会"上朗诵《我是猫》第一章。
1905 年	38 岁	1 月，开始于《子规》发表《我是猫》，大获好评，将其延伸为长篇连载。2 月，于《帝国文学》发表《伦敦塔》。4 月，于《子规》发表《幻影之盾》。5 月，于《七人》发表《琴之空音》。11 月，出版《我是猫》上册。12 月，四女爱子出生。
1906 年	39 岁	4 月，于《子规》发表《少爷》。9 月，于《新小说》发表《草枕》，岳父中根重一过世。10 月，于《中央公论》发表《二百十日》。10 月中旬起，开始将访客会

面时间定于每周四下午,此即"木曜会"的由来。11月,出版《我是猫》中册。

1907年 40岁　1月,于《子规》发表《野分》。3月,辞去教职,进入朝日新闻社工作。5月,于《朝日新闻》发表《入社之辞》,出版《文学论》及《我是猫》下册。6月,长子纯一出生,于《朝日新闻》连载《虞美人草》(至10月)。9月,罹患胃病。

1908年 41岁　1月,出版《虞美人草》。1月至4月,于《朝日新闻》连载《矿工》。4月,于《子规》发表《创作家的态度》。6月,于《大阪朝日新闻》连载《文鸟》。7月至8月,于《朝日新闻》连载《梦十夜》。9月至12月,于《朝日新闻》连载《三四郎》。12月,次子伸六出生。

1909年 42岁　1月至3月,于《大阪朝日新闻》连载《永日小品》。5月,出版《三四郎》。6月至10月,于《朝日新闻》连载《后来的事》。8月,胃病复发。11月,创设《朝日新闻》文艺版。

1910年 43岁　1月,出版《后来的事》。3月至6月,于《朝日新闻》连载《门》。6月至7月,因胃溃疡住院疗养。8月,至修善寺温泉菊屋旅馆疗养,病情加重,大量吐血。10月,回到东京,再度住院疗养。10月至来年2月,于《朝日新闻》连载《夏目漱石回忆录》。

1911年 44岁　1月,出版《门》。2月,获颁政府文学博士学位,但拒绝接受。7月，于《朝日新闻》发表《凯贝尔先生》。8月，至关西演讲旅行，胃溃疡复发，在大阪入院。10月，因《朝日新闻》的文艺版被废止而请辞，为报社挽留。

1912年　45岁　　1月至4月，于《朝日新闻》连载《春分之后》。9月，出版《春分之后》。12月，开始于《朝日新闻》连载《行人》，因胃病影响而中断，至来年11月才完成连载。

1913年　46岁　　1月，神经衰弱病情加重。2月，出版《社会与个人》演讲集。3月，因胃溃疡而卧病在床。

1914年　47岁　　1月，出版《行人》。4月至8月，于《朝日新闻》连载《心》。9月，胃溃疡复发，出版《心》。11月，于学习院发表演讲《我的个人主义》。

1915年　48岁　　1月至2月，于《朝日新闻》连载《玻璃门内》。3月，胃溃疡再次复发。6月至9月，于《朝日新闻》连载《路边草》。10月，出版《路边草》。12月，芥川龙之介、久米正雄等人加入木曜会。

1916年　49岁　　1月，于《朝日新闻》连载《点头录》，前往汤河原温泉治疗关节疼痛。4月，经诊断发现关节疼痛主因为罹患糖尿病。5月，于《朝日新闻》连载《明暗》，未完成。11月，又因胃溃疡卧病。12月上旬，胃溃疡恶化，12月9日病逝。